量也阻挡不了。他令敌人闻风丧胆,给游击战士鼓气加油。他无处不在,战斗在每个游击队员的身边,活在千万人的心里。他实际上是正义力量不可战胜的信念的化身。

对于敌方营垒,作者笔锋犀利,无情地揭露了侵略者和卖国求荣者凶残丑恶的嘴脸,对纳粹党魁希特勒和戈林、戈培尔等左膀右臂极尽讽刺挖苦之能事。难能可贵的是,小说呈现出来自社会底层的德国士兵的真相和他们内心的体验,令人信服地表明,这些性格、身世、经历各不相同的普通人,是被纳粹的侵略政策推进历史深渊的。他们在向世界传播战火和毁灭的同时,也让自己的国家陷入了灭顶之灾,他们既是侵略战争的工具,又是它的牺牲品。

小说为何以《欧洲教育》为篇名?其实这是借用了游击队员朵布兰斯基一篇未完成作品的标题,他于胜利在望之际不幸牺牲,临终前曾要求扬内茨把书写完。何谓"欧洲教育"?建议朵布兰斯基采用这个书名的游击队员赫姆拉明确指出:"欧洲一直拥有世上最好、最美的大学,在那儿产生了我们最美好的思想,给最伟大的作品带来灵感的思想,就是自由、人的尊严和博爱这些概念。欧洲的大学是文明的摇篮。但还有另一种欧洲教育,我们当前正在接受的教育:行刑队,奴役,酷刑,强暴——摧毁一切令生活美好的东西。这是黑暗的时刻。"而"它会过去的"。显然,两种欧洲教育的交锋,正是光明与黑暗的交锋,民主力量与法西斯的交锋。但黑暗终将过去,曙光就在前头。作者借人物之口,传达出世界人民反对战争,渴望和平与幸福的心声:"以后将永远不会有战争,美国人和俄国人即将亲如兄弟,合力建造一个幸福的新世界,一个恐惧和担忧永被驱除的世界。"这让我们想起一九四五年在炮火尚未完全停息时诞生的《联合国国歌》中那些鼓舞人心的诗句:"太阳与星辰罗列天空,大地涌起雄壮的歌声。人类共同歌唱崇高的希望,赞美新世界的诞生。"可惜好景不长,"二战"结束后不到两年,以美苏为首的两大阵营开始了长达数十年的冷战。

这篇小说文字朴素而感人,在叙述上的突出特点是采用了故事套故事的纹心结构。小说人物朵布兰斯基多次向战友们朗读他的作品,如童话《山丘小故事》,通过欧洲五座山丘之间的对话,来表达欧洲各国人民抗击侵略者,保家卫国的决心。《巴黎的资产者》叙述了巴黎一幢大楼的住户们从事的地下抗德斗争。《瑞雪》讲的是德国一支八人巡逻队的故事,他们在斯大林格勒的郊外迷了路,最终在零下四十度的严寒中被纷纷扬扬的大雪所掩埋。《斯大林格勒郊外》以谐谑的笔调,讲述了两只俄国乌鸦的奇遇。这些二度叙事使小说不再局限于描写一支游击队的活动,而从多个侧面反映了这场正义与邪恶,文明与野蛮,民主力量与法西斯势力之间的大搏斗,从而大大丰富了这部作品的内涵,拓展了它的深度和广度。

小说作者原名罗曼·卡谢夫,一九一四年五月八日生于立陶宛维尔纽斯的犹太人社区,父亲做皮货批发生意,母亲经营妇女服饰。当时立陶宛处于沙皇俄国统治之下。一九一五年,父亲应征加入俄国军队,他和母亲与巴尔干国家的众多犹太人一道,被流放到俄国中部地区。一九二一年,他们回到已划归波兰的维尔纽斯(维尔诺),在那里住到一九二七年。父母离异后,罗曼与母亲迁往华沙,两年后定居法国尼斯。他先后在普罗旺斯地区的艾克斯和巴黎攻读法律,获法学学士学位。一九三五年加入法国国籍后,罗曼到空军服役。"二战"爆发后,一九四〇年六月,他决定投奔戴高乐领导的"自由法国力量",于是驾机逃离法国,辗转来到英国的格拉斯哥,加入了战斗部队,从此改名为罗曼·加里。他转战利比亚、阿比西尼亚和叙利亚,其间染上伤寒,几乎丧命,在医院治疗了半年。康复后,他效力于巴勒斯坦海洋警戒轻快舰队,在攻打一艘意大利潜水艇的战斗中立了功。一九四三年二月,作为洛林轰炸大队的成员,他转往西线战斗,共完成二十五次攻击任务。由于屡建战功,加里多次受到嘉奖,荣获了荣誉军团三级勋章、解放之友勋章、十字军功章、抵抗战士纪念章和伤员纪念章。

一九四五年,罗曼·加里发表处女作《欧洲教育》,一举成名,获批评家奖。同年,他进入外交界,先后在法国驻保加利亚和瑞士使馆担任秘书,一九五二年到法国驻纽约联合国代表处工作,一九五五年又赴伦敦任职,一年后被任命为法国驻洛杉矶总领事。离开外交部后,他还在新闻部当过一年半特派员。

罗曼·加里一生创作了近三十部作品,并两次摘得龚古尔文学奖的桂冠:一九五六年的《天根》和一九七五年的《来日方长》。按照龚古尔奖的规定,同一名作家是不能两次得奖的。那么奥妙何在呢?原来后一部书是以埃米尔·阿雅尔的化名发表的。此人的真实身份曾引起纷纷议论,成为当时法国文化圈的一个热门话题。一九八〇年十二月二日,罗曼·加里突然吞枪自尽,次年遗著《埃米尔·阿雅尔的生与死》问世,此人究竟是谁这个谜才终于揭晓。

承蒙人民文学出版社的推荐,本人得以翻译《欧洲教育》这部小说,也算是为庆祝世界反法西斯战争胜利六十周年略尽绵力。原著中有不少波兰语、俄语、德语、英语、意第绪语的词汇,为准确译出原意,本人曾就教于多位专家,在此一并向他们表示衷心的感谢,并恳请读者诸君对拙译提出批评指正。

王文融
2005 年 10 月于承泽园

纪念我的同志，

自由法国战士罗贝尔·科卡纳普。

# 一

破晓时分,藏身洞挖好了。时值九月,晨光阴沉昏暗,天气多雨潮湿,松树在雾气中摇动,肉眼看不见天空。他们在夜里悄悄干了一个月:黄昏降临后,德国人很少离开大路冒险,但在白天,他们的巡逻队时常来森林搜索,寻找为数不多的游击队员;这些人忍饥挨饿,陷入了绝望,但没有放弃斗争。藏身洞深三米,宽四米。他们把一个床垫和几床被子扔在一个角落;十袋马铃薯,每袋重五十公斤,靠着土墙堆放着。在一面墙里,床垫旁边,他们挖了一个壁炉,烟囱通到外面的一片矮树林里,离洞数米远。洞顶很坚固,是用装甲列车的车门做的。一年前,游击队员们在维尔诺至莫洛杰奇诺的铁路线上炸毁了这辆车。

"别忘了每天换荆棘。"大夫说。

"我不会忘的。"

"小心炉子冒的烟。"

"好的。"

"千万不要对任何人讲。"

"我不会讲的。"扬内茨答应道。

父子二人手持铁锹,观赏着他们的作品。"这是个不错的藏身洞①。"扬内茨想,在荆棘丛中很隐蔽,即便斯特菲克·波多尔斯基——在维尔诺中学以"阿帕切人威严的首领瓦恩图"的绰号闻名,而在印第安人中间,扬内茨被冠以老硬汉②的荣名——即便瓦恩图也觉察不到它的存在。

"爸爸,我要这样生活多长时间?"

"不长,德国人很快就会被打败的。"

"什么时候?"

"……不应该灰心失望。"

"我没灰心失望。可是我想知道……什么时候?"

"也许再过几个月……"

特瓦尔多夫斯基大夫望着儿子。

"藏着别出来。"

"好的。"

"别着凉。"

他从口袋里掏出一把勃朗宁手枪。

"瞧。"

他把武器的使用方法讲解了一遍。

"你要特别细心地保存好。这个挎包里有五十发

---

① 原文为波兰文。
② 原文为英文。

子弹。"

"谢谢。"

"现在我走了。明天我再来。藏好了。你的两个兄弟被杀了……我们只剩下你了,老硬汉!"

他笑了笑。

"耐心点。德国人离开的那一天会来的……那些还活着的德国人。想想你的母亲……别走远。对人要提防。"

"好的。"

"对人要提防。"

大夫转身离去,走进了雾里。天亮了,但一切仍然灰蒙蒙的。冷杉还在轻雾中浮动,伸展的树枝好似过于沉重的翅膀,没有一丝风吹得动。扬内茨钻进荆棘丛,掀起铁门,走下梯子,扑倒在床垫上。洞里很黑。他起身点火,柴火是湿的,终于点着了火。他躺下来,捧起《红皮肤绅士瓦恩图》那册厚书。但是他没能读下去。双眼不由自主地合上了,疲乏使他身体麻木,头脑迟钝……他沉沉睡去。

二

次日白天,他待在洞里,重读被绑在柱子上受刑的老硬汉设法避开印第安人的监视逃跑的那一章。这是他最喜欢的一章。他在火炭里烤了几只马铃薯吃了。壁炉拔风不好,洞里布满了烟,刺痛了他的眼睛……他不敢出去。他知道,一个人待在外面,他会害怕的。在洞里,他觉得不会受到人的伤害。

特瓦尔多夫斯基大夫在傍晚时分来了。

"晚上好,老硬汉。"

"晚上好,爸爸。"

"你没出去吗?"

"没有。"

"你没害怕?"

"我从不害怕。"

大夫凄然一笑。他显得苍老而疲惫。

"你妈妈要你祈祷。"

扬内茨想起他的两个兄弟……母亲经常为他们祈祷。

"祈祷有什么用?"

"一点没用。你照妈妈说的做吧。"

"好。"

大夫和他一起待了一夜。他们没怎么睡觉,也没怎么说话。扬内茨只是问:

"为什么你不来,不藏起来呢?"

"苏哈基有许多病人。伤寒,你知道……饥荒助长了流行病的蔓延。我必须和他们在一起,老硬汉。这你明白,是不是?"

"是。"

大夫一整夜都在照管炉火以防它熄灭。扬内茨睁大双眼,望着一块块劈柴变红又变黑。

"孩子,你没睡?"

"没有。爸爸……"

"嗯?"

"这要拖多长时间?"

"我不知道。没人知道……没人。"

突然他说:

"伏尔加河上正在进行一场大战役。"

"在哪儿?"

"在伏尔加河。在斯大林格勒……有些人正在为我们战斗。"

"为我们?"

"对。为你,为我,为千百万人。"

木柴在燃烧,噼啪地响,变成灰烬……

"这场战役叫什么?"

"斯大林格勒战役。已经进行好几个月了。没人知道还要打多久,谁会打赢……"

拂晓,大夫走了,临走时说:

"如果我们,我和你妈妈出了什么事,千万别回苏哈基。你的存粮够吃好几个月的。等吃完了,或者觉得太孤单了,就去找游击队。"

"他们在哪儿?"

"我不知道。没剩下多少人了。他们藏在森林里。你找找吧……可是别把你藏身的地方告诉他们。如果情况恶化,你还是回到这儿藏着。"

"好的。"

"你别担心。我不会出什么事的。"

第三天,大夫又来了,没有待很久。

"我不敢把你妈妈一个人留在家里。"

"为什么?"

"有人在苏哈基杀死了一名德国士官。他们在抓人质。"

"就像印第安人的做法。"扬内茨说。

"对。就像印第安人的做法。"

他站起来。

"别放任自流……要保持整洁。照你妈妈教你的那样去做。"

"好的。"

"别浪费火柴。把火柴放在壁炉旁边干燥的地方。没有火柴,你会冻死的。"

"我会小心的。爸爸……"

"孩子?"

"那场战役?"

"我没有消息。很难知道那边发生的事……勇敢些,老硬汉!回见!"

"回见,爸爸。"

大夫走了。第二天,他没有来。

# 三

党卫军帝国①师在斯大林格勒前线打了几周仗,终于在元首②慈父般的关怀下被召回休整,来到苏哈基已有五天。

这个师是第一次上火线。最高司令部把这支精锐部队投入伤亡惨重的战役也是出于无奈。它一般在后方,在占领区行动,做一些德军正规部队往往不屑于做的特殊而棘手的工作。

该师进入苏哈基二十四小时后,两辆党卫军的卡车在灰暗迷蒙的暮色中全速驶入村庄的街道。光秃秃的树枝、钟楼和屋顶,似乎和天空一样静止不动,没有炊烟,没有人声。

没有遇到多大抵抗,因为壮年男子几乎全在丛林。

几声凄厉的喊叫,几声枪响,砸碎玻璃、撞破门的嘈杂声。然后,卡车又急速开走,把二十来位惊恐莫名的年轻女子带往普拉克基伯爵消夏的宅邸,在格罗德诺公路

---

①② 原文为德文。

上,苏哈基以南三公里处。

帝国师在占领区采用这种作战策略已有好几次,而且几乎次次成功。想出这种策略的省党部头目①科赫有一句历史名言,说这是"实用与美观"相结合的妙招,是人性"高超的、理想主义的观念"的见证。②

的确,游击队员们一获悉他们的女儿、姐妹、妻子、未婚妻被掳去供德国士兵享用,便不顾头头的极力阻拦,纷纷走出森林去营救他们的女人。而这恰恰是敌人的期望。只需待在机关枪后面静静地抽支烟,等着因绝望变得半疯的人冲向准备好迎接他们的地点,进入瞄准线。这种计谋处处奏效,用来对付男性荣誉感特别强的波兰人,更是屡试不爽。

普拉克基伯爵的别墅是十九世纪末建造的,建筑师是位显然受到特里亚农③启发的法国人。这是一座夏宫——当年称作"安乐窝"——有几间接待厅,一座剧场,饰有壁画,镶着细木护壁板。它没有在一九三九年的战事中受损,却因无人照管和劫掠遭到重创。窗玻璃几乎全被砸碎了,几位"寄宿女子"曾试图用碎玻璃片割断静脉,于是不得不派人守卫。宅内太冷太潮,女俘们最终变得麻木了,对自己经受的考验不再那样敏感。在"引

---

① 原文为德文。
② 我听说,这些话其实是另一个人讲的,但我依然把这些话放在省党部头目科赫嘴里,以免辜负他身后的名声。——原注
③ 指法国凡尔赛的大、小特里亚农宫,分别建于1687年和1762至1768年。

狼出林"行动①——列在帝国师军事行动代码本上的名称——开始两天后,家人们才收买了卫兵,给年轻女子们送来保暖的衣服和被褥。

"安乐窝"周围有一座法式园林,一直延伸到森林边缘。在人工挖的池塘里,伸出生锈管道的水泥塘底,铺满腐烂的枯枝败叶;小径两侧,竖立着几座丘比特像、维纳斯像和杂七杂八的、一九〇〇年风格的大理石雕像。士兵们日夜在雅致的棚架内站岗。昔日,普拉克基伯爵的客人们来这儿调情,在月光下遐想,欣赏焰火,或者心不在焉地观看露天剧场的节目;如今剧场里设置了机枪掩体。

党卫军们在宫里安了一个火炉,但总没有足够的煤为各个大房间供暖,只有大舞厅有些热气;舞厅镶着华丽的蓝色和金色细木护壁板,天花板上绘满提埃坡罗②风格的天使和女神。女人们待在这间大厅里,等着士兵们前来挑选。最初两天,近三百名士兵访问过此地。

第二天拂晓,十二名游击队员走出森林,边射击边冲过公园。他们尚未造成任何损害,便被机枪扫倒,丢下六个人撤走了。

发生这件事后,党卫军们见"引狼出林"行动又一次成功,十分满意。他们在舞厅里安了一只炉子,还弄来一

---

① 省党部头目科赫:"引狼走出树林的不仅是饥饿,还有爱。"——原注
② 提埃坡罗(1696—1770),意大利画家。

个野战炊事班,为"寄宿女子"提供热饭菜。

一个大概不到十六岁、长着一头金发的小姑娘,嘴里叼着烟卷,不停地从一个女人走向另一个女人,尽力安慰那些不甘于认命又不知如何适应新情况的人。小女孩有张瘦长苍白、长满雀斑的脸,尽管嘴唇涂得太红,面颊搽粉太厚,依然相当俊俏。苏哈基的人从来没有见过她;她解释说她是在维尔诺被士兵们收容的;她的双亲被杀死了,而照她的话说,她"与士兵们一起混"已有一年。她头戴贝雷帽,身披一件过大的军大衣;用松紧带固定的黑色长筒毛袜常常滑落到脚踝上;她屈起一条腿,也不弯腰,用孩子气的动作往上提袜子。

每当一个女人变得歇斯底里,大喊大叫的时候,她便连忙跑过去,抓住她的手恳求道:"别这样,其实没那么严重,你知道。这不重要。如果你不去想,这不会把你怎么样,只有胡思乱想的时候才糟糕。"她特别热情、特别亲切地照顾一位美丽的少妇;这女人三十来岁,头发略微花白,黑黑的大眼睛直勾勾的,像疯了似的。她是苏哈基的一位医生,就是特瓦尔多夫斯基大夫的妻子。小女孩常常过来跪在她的身边,轻拍着她的手,抚摸她的头发,说:"不该去想,好啦。他们不会总留着我们,不久就会放我们出去的。瞧着吧,一切都会好的。"

别墅里没有家具。地上铺着草垫子,女人们就躺在上面睡觉。普拉克基家族的几幅肖像,或被撕破,或被流弹打出窟窿,依然挂在墙上:身着蓝绸衣、胸前挂满勋章、头戴白色假发、神情极为庄重的廷臣,披金戴玉或把鬈毛小狗抱在膝上的贵妇。

当一名士兵选中名叫佐西娅的金发小姑娘时,她先仔细掐灭香烟,把它放在窗台上,然后跟他上楼。回来后,她又拿起烟卷再点上。她给人的感觉是,与适才发生的事相比,她想得更多的是她的香烟。她甚至给人什么事也没发生,这一切其实并不重要的印象。

当她在来访者中发现一名军官,便立即奔过去责怪他,声音里带着哭腔,尖着嗓子索要煤、更多的食物、开水、香烟和肥皂。她像小狗一样缠住他,最后几乎总能得到她要的东西。于是她即刻安静下来,满意地微笑着,把好消息告诉同伴。

"德国人很容易对付。如果你想从他们那儿得到什么,想打动他们,就得对他们说:schmutzig, schmutzig,意思是'脏'。肮脏是他们忍受不了的。用这个字眼,你要什么,他们给什么。"

在公园里,党卫军停了三辆面朝森林、配备机枪的装甲汽车。他们躲在武器后面耐心等待,不时下车到火盆边烤烤火。一组组游击队员多次走出森林投入战斗,短暂交火后几乎全被打死。但他们继续前来,经常只有三四个人,差不多都是丈夫、父亲或未婚夫。

第四天,一个身材高大的男人来到别墅大门口。他身着剪裁考究的大衣,头戴一顶毡帽,脖子上围条暖和的围巾,戴着夹鼻眼镜,手拎医疗包。他向岗哨出示证件,证件似乎符合规定,于是他被准许进入园子。他沿着小径走,慢慢登上别墅的台阶,打开医疗包,猛然拿出一挺机关枪,几乎用枪口顶着那些在阳台上互相开玩笑、等着轮到自己的士兵开了火。金发女孩喝着饭盒里滚烫的咖啡,在窗口满意地目睹了这一幕。后来她对别人讲,那人在倒下前干的活儿实在漂亮。他是苏哈基一位受人尊敬的名医——特瓦尔多夫斯基大夫。

## 四

扬内茨耐心地等了好几天。他不时爬出藏身洞聆听,在森林的各种声响中等待父亲的脚步声。每次树枝咔嚓一断,每次树叶簌簌作响,希望便重新燃起。就这样,他在希望和等待中过了一周。在这一周内,他拼命克制与日俱增的恐惧,抵御孤独和寂静,拒绝渐渐在头脑中产生的念头,压抑开始令他心寒的绝望。第九天,一觉醒来,他认输了。他睁开眼睛,立即无声地哭了起来。他没有起床,整天躺在床垫上,在被子里蜷成一团,双拳紧握,浑身发抖。将近子夜,他出了洞,朝苏哈基走去。在黑暗中,他穿过森林。冷杉的树枝抽打着他的脸,荆棘划破了他的衣裳和皮肤。他好几次迷了路,游荡了一整夜。黎明时分,一条大路突然出现在眼前。他认出来了,这是维尔诺公路。他沿着公路一直走到苏哈基……村子包裹在浓雾中。但这雾刺痛眼睛,就像在藏身洞里火炉通风不好的时候。原来这是烟。一部分村庄着了火。已经没有火苗,只有烟,沉重的、在静谧的空气中纹丝不动的烟和一股刺喉咙的难闻气味。稍远处,在大路上,有两辆装甲汽车。它们一动不动,宛若被丢弃的动物甲壳。缓缓移动的,只有每辆车前部的机关枪,好似扎鱼的鱼叉。一支鱼叉转向扬内茨,对准他的胸膛。突然,甲壳打开了,一名头发金黄、面颊粉嫩如少女的德国士兵从里面探出半个身子,用蹩脚的波兰语喊道:

"滚开!不准过来①!"

扬内茨转过身,走了几步,然后跑起来。他不是逃跑,而是急于赶回去。他想回到地下,蜷缩在洞里,再也不出来。他钻进藏身洞,扑倒在简陋的床上。他不觉得累。他不害怕。他不渴,不饿,也不困。他没有任何感觉,什么也不想。他在寒冷和黑暗中仰面躺着,目光空洞。快到半夜的时候,他才想起他就要死了。他不知道人是怎么死的。一个人准备死的时候大概就会死,而准备死是因为太不幸。又或者,一个人无事可干的时候也会死。这是无处可去的人必走的路……但他不会死。他的心在跳,一直在跳。死并不比活着容易。

---

① 原文为波兰文。

## 五

第二天,他拿了左轮手枪,几只马铃薯,一些盐,还有那册厚厚的《红皮肤绅士瓦恩图》,出了藏身洞。他依照父亲的话去找游击队员。他不知去哪儿,也不大清楚"游击队员"是什么意思。如何认出他们来呢?他们穿军装吗?应该怎样和他们讲话?到哪儿去找他们?他信步在森林里转来转去,晚上再回到洞里。就这样找了好几天,他没有遇见一个人。可是,有天早上,正当他穿过林间空地时,两个人突然从灌木丛里冒出来,围住了他。他停下脚步,并不害怕。那两人一副可怜相,不像会伤害人。年轻的那位跟农妇似的用条披巾包着头,一只眼睛神经质地眨个不停。年长的那位蓄着一部灰色的大胡子,看上去比另一位凶。他走过来搜扬内茨的身,立即发现了手枪。

"这是哪儿来的?"

扬内茨没有马上听懂。得费些力气才能懂。这不是波兰语,也不是俄语。扬内茨根本不知道这是哪国语言。

"他问你……"两人中年轻的那位开始说。

"让我审问他!"年长者嘟哝了一句。

"他不懂乌克兰语。"

"我讲波兰话!"年长者生气地说。

他转向扬内茨。

"这是哪儿来的?"

"父亲给我的。"

"你父亲在哪儿?"

"不知道。"

"你听见了吗,切尔夫?"老家伙扬扬得意,"他不知道他父亲在哪儿!"

"我听见了。我又不是聋子。"

"可也许他知道,啊?也许他只是不想告诉我们,啊?"

"让他安静点,萨维埃利·利沃维奇,"他的同伴神色厌倦地抗议道,"我认识他,他是苏哈基的特瓦尔多夫斯基大夫的儿子。他父亲给我治过病。"

"苏哈基,啊?"老家伙重复道,"苏哈基……"

他斜眼看着扬内茨。

"那么我可以告诉你他怎么样了,你的父亲……"

"他怎么样了?"

"闭上你的嘴,萨维埃利·利沃维奇!"同伴突然吼道,"闭上你的臭嘴,行不行!"

"啊?"老家伙吃了一惊,"我可什么也没说!"

他抓起那本厚书,看着书名。

"瓦恩图,"他费力地拼读着,"红……红皮肤……绅士……啊?"

他砰地一声合上书,望了扬内茨一眼,带着几分绝望骂道:

"他妈的!真他妈的①!"

"别讲粗话,萨维埃利·利沃维奇。我已经对你说过了,这和你的年纪不相称!"

"我父亲,他怎么样了?"扬内茨又问道。

"啊?"老头儿说,"我不知道他怎么样了,你父亲。鬼才知道!"

他快要哭出来了。

"瓦恩图,红皮肤绅士……噢!噢!"

"别激动,萨维埃利·利沃维奇。"

"我没激动。我从不激动!"

他把书还给扬内茨。

"你在森林里做什么,小白脸?"

"我住在里面。"

"啊?"

"我住在里面。"

"你听到了吗,切尔夫?他住在里面!"

"我在找游击队员。"扬内茨怯生生地说。

"什么?"老头儿跳了起来,"见鬼!……你听见了

---

① 原文为波兰文。

吗,切尔夫?他在找游击队员!"

"我听见了。"

"哪些游击队员?"老头儿突然来了兴致,询问道。

"我不知道。"

"他不知道!"老头儿又得意了,"你听见了吗,切尔夫?他不……"

"请闭上你那该死的嘴,萨维埃利·利沃维奇。"

他神情严肃地注视了扬内茨一会儿。

"你可以跟我们走。"他说。

"在这儿谁下命令呀?"老头儿发火了。

"没人。在这儿没人下命令。我认识他的父亲,他可以跟我们走。就这些。"

"我什么时候说过他不能跟我们走?我也许没有心肝?我有的只是一张大嘴,啊?"

"你当然有一张大嘴,萨维埃利·利沃维奇。"

"我知道,"老头儿自豪地说,"你可以跟我们走,小白脸!欢迎到我们的圆顶雪屋来……"

"是茅屋。"扬内茨低声说。

"啊?"

"印第安人住茅屋。圆顶雪屋是爱斯基摩人住的。"

"鬼知道咱们住哪儿!"老头儿咕哝着。

他掉转身,快步流星地走了。他们跟在后面。

"他叫什么?"扬内茨问道。

"克里连柯。他是乌克兰人。他爱大喊大叫,但人不坏。"

"我知道。"扬内茨说。

# 六

一些饥肠辘辘、身体虚弱的人,躲藏在密林深处。城里人称他们"游击队员",乡下人叫他们"绿林好汉"。很久以来,这些人与之搏斗的仅仅是饥饿、寒冷和绝望。他们唯一关心的是想办法活下去。他们六七个人一组,躲在隐于荆棘丛中的地洞里凑合活着,好似被人追捕的动物。食物很难弄到,常常根本弄不到。唯独在当地有亲友的"绿林好汉"才有吃的,其他人不是饿死,就是走出森林被人打死。切尔夫和克里连柯的小组是最生龙活虎、最不甘屈从的小组之一,它的领导人是名年轻的骑兵军官,雅布隆斯基中尉。这是位个子高大的金发青年,咳嗽得很厉害,还时常吐血,因为在波兰战役中他的肺部中了炮弹弹片。他仍穿着军大衣,戴着骑兵的方形军帽;长长的帽舌总在他脸上投下一片阴影。当扬内茨被介绍给他时,他问道:

"你多大了?"

"十四岁。"

中尉两眼深陷,目光灼热,因发烧失去了神采。他久久地看着扬内茨。

"你愿意为我做件事吗?"

"愿意。"

"你熟悉维尔诺吗?"

"熟悉。"

"很熟悉?"

"对。"

中尉迟疑片刻,仿佛内心在作斗争,然后环顾四周:

"到林子里去。"

他把扬内茨带到一片矮林里。

"拿着这封信,按地址送去。地址在信封上。你认字吗?"

"认字。"

"好。别让人抓着。"

"不会。"

"等着回信。"

"好。"

中尉突然朝四下里望了一眼,然后用低沉的嗓音说:

"别跟这儿的任何人讲。"

"我不会讲的。"

扬内茨把信放进衣兜里,立即出发了。傍晚时分他抵达维尔诺。街头巷尾全是德国兵,一辆辆卡车轰隆隆地从粗大的铺路石上驶过,把污泥溅到木板人行道上。他毫不费劲地在波胡兰卡街找到了那座房子,穿过一个

院子上了楼。他在第二层停下,划着一根火柴。门上有张名片,上面写着:

雅德维加·玛林诺夫斯卡
教授音乐课

屋内有人在弹钢琴。他听了一会儿。他非常喜欢音乐,但听得很少。终于,他敲了门。音乐戛然而止,一个女人的声音问道:

"谁呀?"

他迟疑了一下。

"扬内茨。"他终于说,蠢蠢地。

他吃惊地看到门开了。一位年轻女子仔细地打量他。她手执一盏灯,黄色的灯罩上绘有稻田、宝塔和群鸟,它们的影子在天花板和墙壁上晃动。扬内茨觉得年轻女子非常漂亮。他礼貌地摘下帽子。

"我来是给你送这个的。"他说。

他把信递过去。她拿到信后立刻拆开。他趁她读信的时候端详她。她长得多美啊!她的钢琴弹得这么好,这不奇怪……这音乐和她相配,与她相像。少妇读完信,说道:

"进来吧。"

她关上了门。

"走了那么多路,你一定饿了。"

"不饿。"

"你不喝点茶吗?"

"不,谢谢。"

她望着这个神情极其严肃的孩子。

"随你吧。我这就写回信……不。还是不写的好。万一你被抓住……"

"我不会被抓住。"

她又望了他一眼。

"你多大了?"

"十四岁。"

"告诉他……告诉他这是发疯。告诉他别来……这里受到严密监视。但是,如果他来,告诉他我等着他……"

"他会来的。"扬内茨说。

"一定对他说不要来。"

"我会说的。"

她去厨房拿了一些面包和盐,用报纸包上。他把纸包贴胸放在上衣里。他没有走,注视着她……她等着他说出他想说的话。

"你弹琴吧。"他突然要求道。

她什么也没说,走到钢琴旁。她看上去既不吃惊,也不好奇。她坐下开始弹奏……扬内茨不知道她弹了多久。他不知道。他从未有过类似的感受。一度她回过头来,说:

"这是肖邦的音乐。他是波兰人。"

这时她见他哭了。这似乎也没有令她吃惊或感动,仿佛她觉得,聆听这样的音乐,他哭是很自然的……终于少妇弹完一曲,她发现扬内茨已经走了。

## 七

他看见雅布隆斯基和克里连柯坐在火边。乌克兰老人鼻梁上架着眼镜,正在看书。几步之遥,众人在洞里呼呼大睡,其中一个在呻吟。

"她们俩!"他哼哼着,"她们俩!"

扬内茨打了个寒战。

"是斯坦齐科在做梦,"中尉说,"别在意……"

他站起来,拉住扬内茨的胳膊离开火堆。

"怎么样?"

"她要你别去。她会等着你……"

"谢谢,小家伙。"雅布隆斯基说。

他朝乌克兰人走去。

"给他点东西吃。"

克里连柯摘下眼镜,书滑落下来。扬内茨认出那本厚厚的红皮书,是《红皮肤绅士瓦恩图》。

"噢!"老人说,"晚上好,小白脸。和平的烟斗倒是有,至于吃的……噢!"

"把我那份给他,"雅布隆斯基说,"我不饿。"

老人给扬内茨倒了一饭盒暗黄色的汤,然后又拿起了书。

"德国人什么也没发明,"他评论道,"苏族印第安人已经知道并使用了抓人质这个方法……"

他望着中尉咳嗽着走开,然后吐了口痰。

"她会要他的命。"他咬牙切齿地说。

次日,扬内茨认识了小组的其他成员。他们共七人,包括斯坦齐科,维尔诺的一名理发师。他的两个女儿,分别只有十七岁和十五岁,遭到德国士兵的强暴。为了息事宁人,占领当局把两人送到一家妓院为波美拉尼亚的驻军"工作"。斯坦齐科只收到一纸通知:"你的女儿已赴德国工作。"

小理发师体质虚弱,一副与世无争的模样。他时不时会精神错乱,在森林里乱转,一边吼着:"她们俩!她们俩!"然后便失踪了,谁也不知道他去了什么地方。有一天,切尔夫在可怜人的衣物中发现了可怕的战利品。他面色发白,跳出地洞,不住地呕吐……据说斯坦齐科肢解了十来个德国兵。大家不赞成他这样做,但也不责备他。每当"她们俩!她们俩!"的哀鸣在林中响起,众人都脸色发白,吐口唾沫说:"中了魔啦!"[①]彼此不敢对视……

组里有两名维尔诺大学的法科学生,他们的任务艰

---

① 原文为波兰文。

巨而危险:通过无线电保持与"绿"军指挥所的联络。他们在组里总令游击队员们不快,因为德国人一直在监听,几个月来已掌握了用新技术发现发报机的方法。两个年轻人的到来意味着处处危险大增;他们一出现,众人的脸就阴下来,好像见到了不祥的鸟;而且很少容许他们在同一个地点待上几小时。他们的包里有个小本子,是他们的密码本;每页写满表面上没有意义的句子。一次扬内茨蹲在切尔夫的藏身洞里,切尔夫正等着传送一篇电文;密码本中的一句话令扬内茨特别好奇:"纳杰日达明天唱歌。"

"这是什么意思?"扬内茨问道。

"正是它说的意思。"切尔夫回答。

扬内茨生气了。人家把他当孩子看,人家不完全信任他。

"这肯定是个密码,"他说,"这句话肯定有秘密的含义。"

切尔夫露出了笑意。但他从来不微笑。几秒钟的工夫,他的脸上仿佛没有了光,仅此而已。

"没有任何秘密,"他说,"这十分清楚。纳杰日达明天唱歌。纳杰日达是我们司令员的化名,他有副好嗓子,老在唱。不久你就会听到。他常来这儿的森林给我们开音乐会。"

扬内茨经常听人讲述这位神秘的游击队员的丰功伟绩。他自称"游击队员纳杰日达",无人知道他是谁;从来没有人见过他。但是,每当一座桥被炸,铁路被破坏,一个德国车队遭袭击,或者仅仅远方的一声爆炸传入他们的耳朵,"绿林好汉"们便互相对视,摇摇头,一脸知根知底的样子,微笑着说:"游击队员纳杰日达又犯老毛病了。"

德国人知道他的存在,悬重赏抓捕这个抓不着的"强盗"。他成了当地德军指挥部①的一块心病,他们耗费大量时间和精力,试图抓住这个抓不着的敌人,但连他的身份都一直没搞清楚。

扬内茨时常在寂静的深夜仰卧在藏身洞内,睁大眼睛,想着游击队员纳杰日达,试着想象他的模样。想到森林里有这个神秘的人存在,听到对他战绩的讲述,看到游击队员们谈起这位激怒德国人,又总从他们身边溜走的传奇英雄时平静的微笑,扬内茨感到心里踏实。常常,当事情变糟,同志们或被杀,或被抓,遭受酷刑时,一位"绿林好汉"就会叹气,摇着头问:"纳杰日达呢,他干什么去了?有日子没听人谈起他了。"

有一天晚上,扬内茨正在藏身洞内这样胡思乱想时,一个念头渐渐变得无可置疑。他幡然醒悟,坐了起来,嘴角含笑,心儿乱跳。这个神秘的游击队员纳杰日达不是别人,只能是他的父亲。正是出于这个原因,每当他谈起自己的父亲,打听他的下落时,"绿林好汉"们才三缄其

---

① 原文为德文。

口,古怪地望着他,带着明显的好感甚至尊敬。他心里久久存着这份希望,但从不跟别人谈。他确信自己的想法是对的,而当怀疑掠过心头时,他知道那仅仅是因为寒冷、饥饿或者疲乏。他已经明白,真相可以在热烈的感情冲动中,而极少在冷静的理性思考中觉察出来。

组里有什文乔尼斯的犹太裔屠户库基埃。他是位虔诚的犹太教哈西德派信徒,身体结实得像庙会上表演的摔跤手。每周五晚上,他和其他躲进森林的犹太人到昂托科尔被毁的旧火药库的废墟上去祈祷。每天晚上,他往头上扔一块黑白相间的绸祈祷巾,拍着胸脯哭泣。其他人怀着敬意,默默地望着他。组里还有维尔诺的一名律师。游击队员们总是尊称他"律师先生"①,谁也不用"你"称呼他。他上了年纪,胖胖的,眉毛长得像愁眉苦脸的皮埃罗②。他无法适应林中的生活。他名叫斯塔赫维茨。有一次,他抱怨又冷又饿时,扬内茨听见雅布隆斯基对他说:

"别再哼哼了。这儿没人留你。"

律师忧伤地摇了摇头。

"你不知道,雅布隆斯基,爱一个比你小三十岁的年轻女子是怎么回事……"

后来,扬内茨听说律师娶了一个非常年轻的女人,她

---

① 原文为波兰文。
② 皮埃罗原为意大利喜剧和哑剧中的人物,后指丑角。

的兄弟好像在游击队里被杀了。"这儿没人记得这件事,不过,在森林里,毕竟无法认识所有的人……"律师为给少年报仇进入了丛林。望着可怜的人在撕破的毛皮大衣里发抖,扬内茨常常想对他说:"好了,拿出勇气来!"

组里还有马赫卡,巴拉诺维奇的一位信仰东正教的希腊农夫。他把森林比作地下墓穴,把游击队员比作早期的基督徒。他等着耶稣基督复活,说:"时间快到了!"他生活在期待中。当地每有农妇分娩,他都在农舍周围转来转去,嘟嘟囔囔地祈祷。然后他躬着背回来,伤心地摇着头,说:

"没有兆头。"

谁也不知道他究竟希望有什么兆头,或许连他本人也不清楚。但是他从不灰心。偷起周围农户仅剩的几只鸡来,他倒是得心应手……一次他问扬内茨:

"你信上帝吗?"

"不信。"

"难道你没有母亲?"马赫卡说。

最后还有兹博洛夫斯基三兄弟。他们沉默寡言,遇事果断,生性多疑。他们从不分开,吃饭、睡觉、打仗总在一起。他们尤其负责小组与外界的联系。他们的父母在邻近皮亚斯基的村里有座农庄。三兄弟夜里不时失踪,回去探望双亲……回来后更加沉默寡言,更加坚定和多疑。

# 八

雅布隆斯基经常派扬内茨去维尔诺要求与情妇约会。扬内茨很乐意去。每一次去,雅德维加小姐都给他东西吃,为他弹钢琴。桌上的茶凉了,扬内茨身子一动不动,手放在他没有碰过的面包上。年轻女子从不跟他讲什么。她弹奏钢琴。有时,当她回过头来,发觉扬内茨已经走了。有时则相反,她弹完后,他还要待很久,身子僵住了,两眼蒙上一层薄雾……雅布隆斯基越来越常去看望情妇。他的身体每况愈下,凹陷的两颊显出病态的红色。夜间,在洞里,他的咳嗽搅得别人无法入睡。他知道自己病入膏肓,平静地与人讨论接班人的遴选问题。

"切尔夫,"他说,"你来接我的位置。"

切尔夫神经质地眨了眨眼。

"再说吧。"

一天晚上,雅布隆斯基去赴雅德维加小姐的约会,没有回来。大家焦虑地等了他整整一天。次日,切尔夫把扬内茨拉到一边,问他:

"你认识那座房子吗?"

"认识。"

"去看看。"

扬内茨中午到了维尔诺。天下着雨。在雅德维加小姐房前,竖起了两个绞刑架。路人迅速从旁走过,看也不看;有几个画着十字。雅布隆斯基和他的情妇吊在绳子末端。有两名士兵站岗,他们议论着,笑着,其中一位从兜里拿出一个信封,给另一位看里面的照片。

## 九

随着十月份的寒冷和雨水的到来,小组的处境更加糟糕。被德国人搜刮干净的农民们拒绝提供帮助。尤其因为几名"绿林好汉"对冬季的临近感到恐慌,袭击抢掠了一些农庄……兹博洛夫斯基三兄弟抓住罪犯,把他们高高吊死在一座被劫农庄的院子里。尽管如此,农民们仍对游击队员恶眼相向。兹博洛夫斯基兄弟好不容易才搞到三袋马铃薯……不过后来出了一件事,使他们对冬季的到来有了信心。一天早上,切尔夫小组接待了皮亚斯基的农民代表团。一辆大车由一匹壮马拉着到达森林,六位农民端坐于车夫身后。他们穿上了节日的服装和靴子,头发油光发亮,小胡子又硬又直,仔细地涂了香脂。他们神态庄重,甚至庄严。人们立即看出这是一些要人,是来商量大事的。团长是约瑟夫·科涅兹尼先生[①]。这位先生在皮亚斯基有一间自己经营的酒吧[②],在整个地区几乎每一个村庄都有一间酒吧[③]。这些酒吧[④]设在昏

---

①②③④　原文为波兰文。

暗的、被烟熏黑、装潢简陋的地下室里;摆一些凳子,几张摇摇晃晃的桌子,用几个邋遢的女仆待客。赶集的日子,农民们来这儿喝两杯,并趁此机会向他有息借款或抵押借款。约瑟夫先生的生意做得很红火。这位农民已进入壮年,模样天真,一对大眼珠子略微突出,额头中间有绺修剪漂亮的头发。他最后一个下车。同来的人手拿帽子恭敬地等候他,不时吐口唾沫掩饰窘态。

"他们都欠他钱。"兹博洛夫斯基三兄弟中的小弟向扬内茨解释。

约瑟夫先生走上前来,久久地、诚恳地盯着每一个游击队员看。然后他大声说:

"究竟怎么回事啊,小伙子们?脉管里没有血了吗?睡着了吗?德国人占领我们的村庄三年了,你们始终不做任何事去把他们赶走?那谁来保护我们的女人和孩子呢?"

"他讲得好。"一个农民满意地吐了口唾沫,说道。

"谁应该保护我们的未婚妻和我们的母亲?"酒吧老板补了一句。

车夫坐在座位上玩起了鞭子,一脸的厌烦。他不欠约瑟夫先生的钱;说真的,老板倒欠他一个月的工钱。他望着约瑟夫先生的脊背甩起了马鞭。

"如果我再年轻些,"酒吧老板继续说,"如果我年轻二十岁……我,我会让你们看看如何保卫自己的土地!"

他伸出双臂。

"哎,小伙子们!为我们被强奸的女儿的名誉,为我们被流放、被杀害的儿子的名誉报仇吧!"

他的声音里略带哭腔。他用拳头擦了一下眼睛,说:

"我们给你们带来了粮食。"

"嗯……"切尔夫眨着眼睛说,"最近,战场上的消息很好……嗯?"

约瑟夫先生瞟了他一眼。

"非常好,"他悲伤地承认,"俄国人好像挺住了,在斯大林格勒……"

"也许他们不久将开始前进……嗯?"

"也许是。"酒吧老板表示同意。

一位农民绝望之下坦白道:

"不知道事态究竟如何发展,他妈的!"

约瑟夫先生向他投去斥责的目光。

"也许,"切尔夫接着说,"他们有一天真的会打到这儿来,嗯?"

"很有可能。"酒吧老板说。

"把德国人赶走之后……"

"我们大家都希望这样。"约瑟夫先生很快地悄悄说了一句。

"把德国人赶走之后,也许他们会帮我们吊死那些投敌者,那些发国难财的人和其他害虫……嗯?"

约瑟夫先生十分自然地说:

"如果你们需要什么,跟我们打声招呼!"

"那当然,那当然!"农民们咕哝着。

切尔夫吩咐卸车。约瑟夫先生事情干得漂亮,带来的东西至少够小组吃一个月。代表团上了大车,车夫"喔!喔!"吆喝了两声,车子启动了。农民们不讲话,避免相互对视。约瑟夫先生心绪恶劣。这个切尔夫不跟他讲任何有用的东西。显然是个骗子,伪君子。几乎不能信赖他,猜出他心里的想法。约瑟夫先生暗想:"他是那种跟你握手,直视你的眼睛,第二天却派一名游击队员在街角把你杀死的人。"他打了个寒战。生活日益困难。没人再偿还欠他的债,做任何生意都有风险,今天的胜利者明天就有可能被打败。他不知该拜哪尊神了。可是,他的一代代祖先顶住一切风浪,保全了性命和客栈。不管来的是鞑靼人和瑞典人,抑或俄国人和德国人,他们绝不视他们为侵略者,而是以顾客相待。人人在客栈受欢迎,这便是他们的格言。关键是要沉着冷静,嗅觉灵敏,及时转向……约瑟夫先生舒了一口气。德国人在公报中称已占领斯大林格勒的近郊:这意味着该城仍在坚守。未来越来越难以预测……车上的其他人什么也不想。他们没有政见,因为他们有债务,只好忍气吞声地跟随约瑟夫先生。

## 十

大车离村庄近了。

"绕个圈!"约瑟夫先生吩咐车夫,"我不愿意人家看见我们从森林来。"

他们从维尔诺公路进入皮亚斯基。大车在原镇公所前停下,现在它插着卐字旗,挂一块用哥特体大字书写的"指挥部"①牌子。

一个长着稀疏的金黄毛发、弯腰曲背的年轻人在楼梯上迎接他们,始终露出牙齿殷勤地微笑着。他是波兰人,答应为德国当局做眼线,从此,太阳下山后,他很少独自上街。他搓着手鞠了几个躬。

"我们正等着您,约瑟夫先生②,我们正等着您!"

他伸出手。约瑟夫先生斜眼朝四下看了看,没有跟他握手。他随黄发青年来到门厅,避开别人的目光,热情地与青年握手。

---

① 原文为德文。
② 原文为波兰文,本章中"先生"一词均为波兰文,后面不再另加注。

"很抱歉,罗姆阿尔德先生,没有当众与您握手……"

"不必说了,约瑟夫先生,我非常理解!"

"当时咱们身边有人,您明白,目前……"

他们站在门厅中央热烈地握手,真诚地对望着。

"我明白,我明白。"罗姆阿尔德先生露着牙一再说。

他们继续握着手,四目相对。

"我一点不反对同您握手。"约瑟夫先生明确地说,"正相反,我感到非常荣幸,非常荣幸……"

"亲爱的朋友!"罗姆阿尔德先生说。

"没有人比我更欣赏您的立场、高尚品德和勇气,您需要这些来扮演……同意扮演……"

他有些语无伦次。

"谢谢,十分感谢!"罗姆阿尔德先生赶紧说。

"我想说,您肩上承担着那件吃力不讨好但必要的工作……"

他咳嗽了一下。

"以后,我们会知道您救了多少人的命……谁知道呢?也许我的命也是您救的!"

"哪儿的话,哪儿的话。"年轻人谦逊地说,"弗拉尼亚太太①好吗?"

酒吧老板娶了当地最漂亮的一个女子,唯恐她有

---

① 原文为波兰文。

外心。

"很好!"他干巴巴地说。

他朝农民们转过身去。

"维特库先生,"他吩咐道,"把我们带给罗姆阿尔德先生的那口袋食品卸下来……"

"省党部头目①在等你们!"这时年轻人说。

代表团被引进指挥部内。约瑟夫先生手放在胸口,张开嘴……

"我知道,我知道!"德国官员不耐烦地打断他,"他们都说同样的话……这是那个丈夫吗?"

"正是②。"

"他带什么来了?"

"鸡蛋、肥肉和白乳酪!"罗姆阿尔德先生露出犬牙说。

---

①② 原文为德文。

## 十一

扬内茨坐在火堆旁,若有所思地望着潮湿的木柴嘶嘶响着,在火焰里冒着烟。雨停了,他们趁机爬出地洞。最小的兹博洛夫斯基盘膝而坐,用心地吹着口琴,但技巧欠佳。

"你吹得不好,"扬内茨说,"难听死啦!"

小兹博洛夫斯基不高兴了。

"这是支名曲,"他抗议道,"你根本不懂。歌词也很好听。"

他唱道:

> 米隆加的探戈
>
> 梦中令人颤抖的探戈……①

"歌词也难听!"扬内茨叹了口气,"你会吹肖邦的曲子吗?"

小兹博洛夫斯基摇了摇头。

"他是谁?"

---

① 原文为波兰文。

"一个波兰人。"扬内茨说,"一位音乐家。"

他伸出手去。

"给我!"

"你会吹?"

"不会。"

他抓住口琴,厌恶地把它扔进灌木丛。小兹博洛夫斯基破口大骂,捡起口琴又吹起来。

"你的哥哥们呢?"

"在维尔诺。"

两个哥哥午后很晚才回来。不仅他俩,还带回来一个小姑娘。她约莫有十五岁,一脸雀斑,尽管仔细扑了粉,仍然很显眼。她穿件过肥的军大衣,戴顶贝雷帽,蓬乱的金发从帽中露了出来。扬内茨从未见过她。

"她是谁?"

最年轻的兹博洛夫斯基望着姑娘。

"提防着点,"他冷笑着说,"她会把病传给你。"

"什么病?"

"就是病。你知道的。"

"我一点也不知道。"扬内茨说。

他仔细端详着小姑娘。她不像有病。

小女孩大概明白人家正在讲她。她用一双黑黑的大眼睛忧郁地望着他,然后冲他一笑。

"这是谁呀?"扬内茨声音低沉地又问了一遍。

"噢,是佐思卡①。这儿人人都认识她。她在维尔诺为我们工作。她和士兵们睡觉,他们告诉她从哪儿来,到哪儿去,车队经过什么地方……她把病过给他们。"

他叫道:

"佐思卡!"

姑娘走过来。她一直面带微笑,望着扬内茨。大衣一直垂到她的脚踝。扬内茨不敢再看她,脸上火辣辣的。他浑身发抖,有种饥饿感。他为自己脸红,为体内升起的一股热浪,为突然产生的把小姑娘紧紧抱在怀里的欲望感到羞耻。最小的兹博洛夫斯基站起来,搂住小姑娘的腰,碰了碰她的胸脯。

"她有病!"他愤愤地说,"真可惜。这儿的人谁也不碰她。佐思卡,你有病是真的吧?"

"是真的。"小姑娘无所谓地说。

"这病要人命。"小兹博洛夫斯基自信地说,"对吧,佐思卡,这病要人命?"

"对。"

她目不转睛地望着扬内茨。突然,她俯下身,用指尖轻触他的脸。

"一点,很多,热烈②?……"

"放了他。"小兹博洛夫斯基说,"他不懂那事。他从

---

① 佐西娅的昵称。
② 原文为波兰文。

43

没做过。是真的吧,特瓦尔多夫斯基,你从没做过吧?"

"做什么?"扬内茨问。

"你瞧!"小兹博洛夫斯基扬扬得意地说,"他不懂那事!"

"一点,很多,热烈,一点也不①?"小姑娘把话讲完。

扬内茨一跃而起,扎进密林中。他听见小兹博洛夫斯基哈哈大笑……他走了一会儿,在一棵枞树后面停下脚步:小姑娘跟着他来了。扬内茨想挪动身子,但两腿发软。

"你干吗怕我?"

"我不怕。"

她拿起他的手。他把手抽出来。

"你很和气,跟别人不一样。我喜欢你……"

"我没为这做什么呀!"

"为这,做什么也没用……我喜欢你。你没有父母吗?"

"有。我不知道他们在哪儿。"

"我的父母三年前被一颗炮弹炸死了。我父亲是工程师。你的呢,他是做什么的?"

"他是医生。"

她再次拿起他的手。

"你这是去哪儿?"

---

① 原文为波兰文。

"我有自己的藏身洞。"

"远吗？"

"不远。"

"我可以去吗？"

他身不由己，用自己也认不出的嗓音说：

"可以。"

他们默默地走着。扬内茨想起父亲，想起他向父亲许下的绝不把藏身洞告诉任何人的诺言。她一定猜到了他在想什么，温柔地说：

"别怕。我不会告诉任何人。"

"我不怕。我什么也不怕。"

她莞尔一笑。

"那么，把手给我。"

他感到她那只小手在他的手里，冰凉，纤巧。他不由自主地握住了它。

"你叫什么？"

"扬·特瓦尔多夫斯基。"

"扬内茨，"她道，"扬内茨……好听。我可以这样叫你吗？"

"可以。"

他们到了。他挪开树枝，帮她下去。她坐在床垫上，环顾四周。

"这个洞不错。比切尔夫的强多了。"

"这是我和父亲一起挖的。"

他在她身边坐下。她依偎着他,不再说话。他们就这样悄无声息地待了很久……后来,她叹了口气,解开大衣的一个纽扣,顺从地说:

"你要吗?"

"不,不。只要那样……像刚才那样。"

她又依偎在他怀里。

"因为,"她悄悄地说,"如果你要……我,我无所谓。我习惯了。"

"我不要!"

"随你的便。我呢,我习惯了。开始,我非常疼。现在,我习惯了,没有任何感觉了。"

# 十二

黎明时分,她轻声唤醒他。

"我走了。"

"留下吧。"

"不,我答应过切尔夫。我必须回城。"

"这重要吗?"

"切尔夫认为德国人即将'扫荡'森林。"

"那又怎么样?"

"我必须去见士兵们……"

"他们什么也不会说。"

"会的。男人们总是什么都说,只要你能摆布他们。"

她的声音顺从而忧伤。在黑暗中,扬内茨看不见她的脸。

"你会回来吗?"

"会。"

"你找得到路吗?"

"当然。别担心……"

她拥抱了他,把脸久久埋在他的脖颈里。

"睡吧。"

"快点回来。"

"一完事就回来。"

她走了。他试着睡觉,但一闭眼就听到佐思卡在黑暗中的声音:"等我完事……"他穿上衣服,走出地洞。天气晴好,云彩在蓝天上快速移动,让人真想和它们玩耍。他信步在林中走着,手插在兜里,吹着口哨。他有种在家的感觉,森林不再令他害怕。起初,他想象每棵树后都有个敌视他的东西;如今,他觉得被无边无际的友情所包围。树枝的低语在他听来满怀深情,几乎带着父爱。有一天,兹博洛夫斯基家的老大对他说:"自由是森林的女儿。她在那儿诞生,情况不好便回到林中藏起来。"

他经常手按着一株树坚硬而令人放心的树皮,感激地抬眼望着它。他甚至和一株老橡树建立了友谊,它当然是林中最美、最高大的橡树,树枝在扬内茨头顶上展开,如同保护者的双翼。老橡树不停地低声咕哝,扬内茨试图弄明白它想对他说什么;有时他甚至天真地——他为此感到难为情——等着橡树用人的声音对他讲话。他清楚这是孩子气,与游击队员的身份不符。但他有时禁不住紧紧靠着老树等待着,聆听着,希望着。

不过,他有一种感觉,就是父亲已经死了。游击队员们带着显而易见的窘态避开这个话题。他能理解,不再向他们提问题。"绿林好汉"们从不谈自己的家庭,他也试着学他们的样。这事不该去想。他尽量显得镇定、心硬、刚强，力求做个男子汉。但这很难做到。或许是因为他太年轻，或许是因为他还没杀过人。他有时还会猛地从床垫上坐起来，等候着响起脚步声，突然相信这是父亲回来了。他跑出洞外，可是从来没有人，只有树枝的断裂声。一次，兹博洛夫斯基三兄弟给他带来母亲的消息：她还活着，身体有些不适，朋友们在照料她，不必担心。他常常想起与父亲最后一次见面时他对自己说的话，"重要的东西都不会死"这句话时时浮现在他脑际，甚至回响在森林永恒的低语中。这句话有些怪，因为每天都有很多人被杀死。

他来到老磨坊废墟附近叫作"骑士憩息处"的地方。磨坊建于立陶宛国王统治的年代，如今所剩无几：混杂交缠的荆棘和桑树下的几堵墙，早已干涸的小溪河床上一只残破发霉的轮子。他准备继续往前走时，突然听到灌木丛后有个男人的声音。他惊讶得停下脚步：一个年轻、明亮的嗓音在朗诵一首诗。

> 我在古老的牢房中等待，
> 曾有多少人和我一样等啊等，
> 等那最后一张传单付印，
> 等着掷出最后一枚手榴弹……

扬内茨轻咳了两声；灌木丛中立即闪出一位少年高大的身影，迎着他走来。扬内茨认出了年轻人。

49

他名叫朵布兰斯基,亚当·朵布兰斯基。他是维尔诺大学学生小组的成员,参加游击队已三年有余。

一九四〇年,大学生们组织了一个抵抗网络,在两年多时间里印刷和散发了一份地下报纸,报纸与网络同名:《自由报》。一九四二年,地下报刊被德国人发现,网络的头头、大诗人和历史学家兰托维奇及其女儿被逮捕枪毙。几名大学生,其中包括朵布兰斯基,设法逃走,加入了维列卡森林中的游击队。他们的组织独立性很强,遭到"绿林好汉"们的严厉批评。他们认为大学生们有过分冒险的倾向,很乐意称他们为"浪漫派"。

扬内茨常常听见切尔夫和克里连柯恼怒地提起他们,责备他们喜欢临时采取行动,虽然英勇,但往往冲动有余,理智不足。这一切被切尔夫归纳为阴着脸说的一句话:"他们不现实。"大学生们多次遭受惨重伤亡,更加冷静的游击队员们认为这是无谓的牺牲。扬内茨尤其听说了一个悲剧事件,它清楚地显示出如切尔夫所说大学生的"感情用事"。事件发生在他们加入游击队仅仅几天后。扬内茨当时没有听说,但其后常常听人严厉地暗示他们的"轻举妄动"。据说党卫军抓了当地二十来名年轻女子,把她们关进普拉克基伯爵的别墅充当妓女,供士兵们享用。这是长辈们熟知的一种老伎俩,敌人用此法可以说一箭双雕:既可满足士兵的生理需要,又可迫使游击队员走出密林,试图援救他们的妻女。自然,朵布兰斯基的"浪漫派"们落入了圈套。在几位不幸女子的丈夫、兄弟或未婚夫的支持下,他们走出森林,数次攻打普拉克基的别墅,结果损员三分之二。

"这就是感情用事。"切尔夫气愤地作出结论,"仗不是这种打法。应该预先考虑好,再冷静地打。必须选择时机,而不该陷入绝望,然后英雄般地被人杀死。想到这些可怜的女子,我也气得发疯,夜里睡不着觉,都快急死了。但这样丧命,不过是自我宽慰,几乎是自寻开心。应该做的,是坚持和取得胜利。必须赢得战争,吊死坏蛋,建设一个再也不会发生这类事的社会。"

但扬内茨没有完全被说服,他不能肯定切尔夫说得对。而且,看上去切尔夫本人也不能说服自己:他不住地埋怨,竭力表示反对,又讲出一大堆道理,但他也参加了攻打普拉克基伯爵别墅的战斗。

扬内茨是第一次见到这名大学生。他的头发卷曲、乌黑、蓬乱;额头宽大、苍白;深色的眼睛笑眯眯的,目光灼热;整张脸呈现出的那份快乐和信任,使他苍白的面孔好像在发烧,给他的微笑带来一种急不可耐的渴望。人们感到他有坚定的信念,仿佛他知道他不会出任何事。他肩膀不宽,一件军上装紧绷在身上,肩带上挂着一把鲁格手枪。他迎着扬内茨走来,伸出了手。

"我变得不谨慎了。"他笑道,"在二十世纪中叶,大白天朗诵诗歌,这真是找死。你和切尔夫在一起,是吧?我想我见过你和他在一块儿。"

"是的,我跟他们一起战斗。"扬内茨说。

"你对诗歌感兴趣吗?"

"我不大懂,"扬内茨承认,"但我很喜欢音乐。"

他叹了口气。

年轻人用一双快活而炽热的眼睛友好地望着他。

"那太好啦!给我说说你对我的诗有什么看法。我刚刚即兴作的,这是得到一个没有先入之见的人的意见的唯一机会。你想听听吗?"

扬内茨郑重地点了点头。

大学生冲他笑了一下,从上装兜里掏出一页纸,展开后念道:

> 我在古老的牢房中等待,
> 曾有多少人和我一样等啊等,
> 等那最后一张传单付印,
> 等着掷出最后一枚手榴弹……
>
> 我等最后一名受害者倒下,
> 他为高呼"自由万岁"而牺牲,
> 等最后一个高高在上的国家,
> 在欧洲爱国者的打击下坍塌。
>
> 我等所有的国都
> 变成外省的城市,
> 等最后一首国歌
> 成为世界的绝唱。

等欧洲终于奋起向前，
惨遭践踏的我的心上人，
我在古老的牢房中等待，
曾有多少人和我一样等啊等？

他住了口，带着嘲讽的神气望着扬内茨。

"哎，你有什么想法？这是不是很棒？"

"我更喜欢音乐。"扬内茨客气地说。

年轻人笑起来。

"哎，这话至少讲得坦率。其实作诗不是我的强项，我是天生的散文家。对了，我叫亚当·朵布兰斯基。你呢？"

"扬·特瓦尔多夫斯基。"

年轻人突然僵住了，脸上失去了快乐的神采。

"你是特瓦尔多夫斯基大夫的儿子？"

"对。"

大学生定睛望着他，迟疑片刻，好像想说什么，接着微笑着说：

"克里连柯那头老熊跟我说起过你。"

"他说什么了？"扬内茨怀着疑虑问道。

"他对我说：'我们收养了一个红皮肤。'"

扬内茨微微一笑。他想起了瓦恩图……这一切好像是很久以前的事了！

"今晚如果你有空，"朵布兰斯基建议道，"就来我们的洞里看看。咱们读读书,讨论讨论新闻……你知道,斯大林格勒仍在坚守。"

"那美国人呢?"

"他们即将在欧洲开辟第二战场。"

"我不相信,"扬内茨平静地说,"他们不会来这儿。路太远了。他们甚至不知道我们的存在,或者他们不把我们放在眼里。父亲也说他们会来的,后来他失踪了。我不知道他的下落。"

朵布兰斯基立即换了话题。

"今晚你来吧,说定了。如果你有运气,晚饭会有兔肉吃。看上去难以置信,但好像这片林子里还有兔子。"

他们笑了。

"我们今晚等你。一言为定?"

"一言为定。在哪儿呀?"

"你来这儿就行了,有人接你。总有人放哨的。"

"我一定去。"扬内茨答应道。

## 十三

晚上,他往一只空口袋里扔了几把马铃薯,扛在肩上上路了。月光皎洁。天气很冷,是那种净化空气的干冷。镶着黑边的树叶在尚有光亮的天空中显现;群星闪烁,大熊星座和云彩在玩耍。他一直走到池塘边,然后走上一条小径,心里想着佐西娅。他寻思军纪是否要求他向游击队提出申请,批准后才能娶她。他们一定会嘲笑他,对他说他太年轻,不能结婚。他似乎做什么都太年轻,除了挨饿、受冻和吃枪子。

"从这边走。"一个声音说。

扬内茨惊得一跳。

"今天夜色很好,"朵布兰斯基说,"适合做梦。"

"我带了些土豆来。"扬内茨有点尴尬地说。

"谢天谢地!"大学生欢呼起来,"咱们没有吃兔肉的运气。那只兔子还在跑哩。我原以为咱们只能精神会餐了。"

他们在矮树林里走了一百来米,然后朵布兰斯基把两根手指放在嘴里,吹了声口哨。荆棘丛中透出一缕光,原来地洞就在他们脚下。他们下到洞里。

至少二十几名游击队员挤在里面,在油灯的微弱灯光下只能看清他们的脸。有些面孔扬内茨第一次见到,另一些是他熟悉的:浦西亚塔,前摔跤冠军,现领导帕布拉德地区一支极为活跃的游击队;加利纳,据说他能把一只旧皮鞋做成炮弹,他身上带着各式各样的爆炸物,所以他一进来,游击队员们便骂骂咧咧地掐灭烟头。他一头白发,身材修长,肌肉发达,虽年过六十,动作依然很灵活;他独自住在他的藏身洞里,实验灵敏度越来越强、越来越难查获的爆炸装置。见他走近,大家纷纷起立,谨慎地走开,他总是笑笑。

还有个年轻女子,身着军上装,头戴滑雪帽,一件厚重的德国军大衣披在肩上,凝神沉思的美貌令扬内茨吃惊。她的膝头上放着几张唱片,脚下书报中间有个手摇留声机。

"这是怎么回事?"一个挖苦的声音响起来,"带个娃娃来?如果我没弄错的话,有人想把我们的司令部变成幼儿园①?"

扬内茨只看到讲话者裹着纱布的头和消瘦的脸上的鹰钩鼻子。

"这是佩赫。"朵布兰斯基说,"这儿没人注意他,谁都不把他放在眼里。"

---

① 原文为德文。

"大家会为此丧命的!"那人宣称。

"够了,佩赫。"朵布兰斯基说,"他是特瓦尔多夫斯基大夫的儿子。"

一阵静默。扬内茨觉得所有的目光都汇聚在他身上。年轻女子给他挤出个位子,他在她和一位年轻人之间坐下。这位青年头戴波兰大学生的白色鸭舌帽,这是德国人禁止戴的。他大概二十五岁左右,颧颊上有两块红斑。扬内茨立即认出来了:他在雅布隆斯基中尉的双颊上见过这样的红斑。年轻人微笑着向他伸出手。

"你好,同志①!"他按大学生的方式打招呼,"我叫塔戴克·赫姆拉。"

年轻女子把一张唱片放在留声机上。

"肖邦的波洛涅兹舞曲。"她说。

在一个多小时里,游击队员们——其中有些走了十几公里来到这里——倾听这乐音,人类最美好的东西,好像为了给自己宽心。在一个多小时里,这些疲惫、受了伤、忍饥挨饿、受到追捕的人,就这样颂扬着自己的信仰,坚信任何丑恶、任何罪行,都不会有损于他们的尊严。扬内茨永远不会忘记这一时刻:坚毅阳刚的面容,地洞里的小留声机,膝头的冲锋枪和步枪,闭眼聆听的年轻女子,头戴白帽、目光火热、执着她的手的大学生;离奇,希望,音乐,无限。

---

① 原文为波兰文。

接着,一个名叫赫罗玛达的游击队员抓起一架手风琴,人们再次齐声歌唱,就像挤坐在一起互相鼓气,抑或用幻想互相安慰。

朵布兰斯基这时从上装里拿出一个本子。

"我开始了!"他宣布。

头上包纱布的游击队员认真地说:

"我们会严厉而公正。"

朵布兰斯基打开本子。

"这叫《山丘小故事》。"

"吉卜林①!"游击队员佩赫得意地嚷道。

"这是为欧洲孩子写的故事……一篇童话。"

他开始念道:

> 一只猫喵喵叫,一只老鼠吱吱叫,一只蝙蝠飞走了……月亮爬上天空。欧洲的五座山丘缓缓走出阴影,伸伸懒腰,打个哈欠,用山丘的语言互致晚安。
>
> "我说,爷爷,"最年轻的、绰号小毛孩的山丘吃惊地说,"月亮怎么总选你衰老的脊背爬上天空,而不选我的呢?"
>
> "这是因为,孩子,如果月亮在你背上爬,它就爬不高,看不到什么。"
>
> "嘻嘻!"年迈驼背的祖母级山丘笑得声音发

---

① 吉卜林(1865—1936),英国诗人和小说家,曾为儿童写过许多成功的作品。

抖。她饱受风吹雨淋之苦,形状活像个正在织毛衣的老妪。"嘻嘻!"

"去你的,老太婆!"毛孩子向她吐舌头,低声骂道。

"唉!"驼背奶奶叹了口气,"凡事各有其时:有爱和被爱的时间,有生和死的时间……"

"怎么,亲爱的朋友,你可以谈'死'吗?"始终好献殷勤的乌拉迪斯洛老先生大声说。

这是一座萎缩的石头小丘,位于驼背奶奶右侧,他好奇地俯下身,仿佛想看清楚几千年来她究竟在织什么。山的形状令人联想起一位满面皱纹的快活老汉的侧影。山丘中好嚼舌根的——到处都有!——硬说驼背奶奶和乌拉迪斯洛的关系不像通常人们以为的那样纯属精神恋爱,五月的某些夜里,两座山丘的距离……嘻嘻!

"你怎么可以谈死呢?你,永远最年轻的山丘?"

"嘻嘻!"受到奉承的驼背奶奶声音抖抖的。

她突然剧烈地咳嗽起来,吐出尘土,驱走两只在山腰睡觉的乌鸦,山顶的最后一株橡树用全部的根抓牢泥土以免摔倒,他惴惴不安地转向千声山。

"山姐姐,你最好叫她冷静些!"他用与山丘一样的树木的语言恳求道,"我的老根快要断了……我不再年轻,当年欧洲最猛烈的风暴来与我的树枝较量,结果灰溜溜地走了!"

"好了,奶奶,"千声山来调解,"冷静些,继续……"

这时,一件奇怪的事情发生了。没有任何明显的理由,千声山似乎接不上话头,用充满激情的嗓音吼起来:

"救救我,俄罗斯! 救救我,英吉利! 向敌人冲啊! 冲啊! 我们会打败他们的!"

出现了一阵混乱,千声山和自己展开了一场奇异的对话:

"闭嘴!"她用正常的声音说,"安静! 你要我死吗?"

"我拒绝闭嘴!"她立即用歇斯底里的声音吼道,"我是欧洲人民之声! 冲啊! 向敌人冲啊!"

"闭嘴! 你没见老山丘们一听到俄罗斯的名字就怕得发抖吗? 你愿意他们化为尘土吗?"

"越早越好!"她用极不雅的声音回答自己。

"当……当……当心!"可怜的爷爷气得讲话结结巴巴,浑身发抖,被厚厚的尘土盖住,害得小毛孩连打了三个响亮的喷嚏。"以我山丘之力,阿……阿嚏!"他打了个喷嚏,为自己扬起的尘土感到恼火。

"原谅我,"千声山很快地说,"我很抱歉……我的回声又醉了!"

"不醉不行!"回声立即喊叫起来,一股浓烈的佩诺酒的酒味四下散开。"今天早上,一个德国混蛋叫我喊了一百次**希特勒万岁**①!我险些为此死掉……对欧洲的回声而言,这日子没法过……呜呜呜!"他抽噎起来。

"呜呜呜!"农民山也发出啜泣,令众山大吃一惊。

这座山丘中等个儿,模样一般,隆背瘪腹,皮肤坚硬,腰板儿结实,多疑地一声不吭。

他总与其他山丘保持一段距离。

"向敌人冲啊!"回声觉得受到支持,立即大吼。

"向敌人冲啊!"农民山怯生生地提议。

他环顾四周,躬起了背。

"我请你们原谅!"他抱歉地说。

以往,千声山为自己的回声感到十分自豪。人们从全欧洲来到她脚下,与她交谈。游移不定的恋人们窃窃私语:"她爱你!"回声于是不知疲倦地重复:"她爱你,她爱你!……"有一次,出于过分的好感,她甚至补充道:"怎么说呢?她爱你,老兄,她非常爱你!"情人听了魂飞魄散,拔腿便跑。一天,一名戴皮帽的骑手路过时冲她喊:"皇帝万岁!"回声重复这声叫喊,于是山丘得知一位皇帝诞生了。后

---

① 原文为德文。

来，一名装束可笑的小个子男人来拜访她。"我将是世界的主人!"小个子男人用德语叫道,并且举起了胳膊。回声保持沉默。"我将是世界的主人,"小个子跺着脚吼叫,"我将是……""——世界的主人,放屁!"回声完全不能自已,终于爆发了。"首先,这儿谁是回声?你还是我?"就这样,回声举起造反的大旗。现在,他吼道:

"颤抖吧,欧洲的大地!埋葬入侵者!风,吹吧……"

一声叹息从树梢上掠过。

"我尽力了。"风喃喃地说,"我不停地吹,脸都变绿了。再给我一个冬天……要干好,我需要我的朋友白雪的帮助。"

"向前,欧洲的森林!"回声恳求道,"向敌人冲啊,向敌人冲啊!"

"这很难!"森林齐声呼啸,"我们的每棵树都要求得到在树枝上吊死一个德国兵的荣誉!"

回声有些气短,沉重地喘着气。爷爷山趁机插话。

"别听他的,毛孩子!"他命令道,"堵住你的耳朵。我们这些山丘,我们把人类的争端留给他们自己解决。咱们不如看看你的功课学得如何……先从现代语言开始。你的英语课学会了吗?"

"怎么没学会!"小毛孩说,然后无须多求,他开始背诵:"我们将在大海大洋上战斗,我们将以与日俱增的信心和日益强大的力量在空中战斗……①"

"什么?什么?什么?"爷爷结结巴巴,吓得半死。

几只睡着的青蛙应声回答,以为有人招呼它们。

"我们将保卫我们的岛屿,无论代价会有多大。"毛孩子继续背诵,"我们将在海滩战斗,我们将在……将在②……嗯?"

"我们将在田野战斗③!"田野骄傲地提词儿。

"我们将在田野和街道战斗,我们将在山丘④……"

"在山丘战斗⑤!"山丘虔诚地轻声说。

"我们决不投降⑥。"

出现了短暂的静默。然后,回声抽泣了一下——只有欧洲的回声学会了这样抽泣——唱起了那首名曲:

前进,祖国的儿女,

光荣的日子已来临。

暴政的血腥的旗帜,

向我们高高举起……⑦

朵布兰斯基读完了他的故事。他合上本子,藏进军

---

①②③④⑤⑥ 原文为英文。
⑦ 即法国国歌《马赛曲》。

上装里。

大家鼓掌。但有一名游击队员开口讲话,嘲讽的语气难掩苦涩和愤怒:"人们互相讲好听的故事,然后为这些故事去死——他们以为这样神话就会变为现实。自由,自尊,博爱……做人的荣誉。我们也一样,在这片密林里,为一个童话去死。"

"总有一天,欧洲的孩子们会在学校里用心学这个童话。"塔戴克·赫姆拉自信地说。

## 十四

深夜,扬内茨往回返。朵布兰斯基陪他走。森林里刮起了风,枝叶簌簌地响。扬内茨聆听这低吟浅唱,如在梦中;稍有一点想象力,就可以设想它们在说什么。天气严寒,是初冬之夜的那种干冷。

"好像要下雪。"扬内茨说。

"可能吧。你没感到无聊吗?"

"没有。"

朵布兰斯基默默地走了一会儿。

"我希望被打死前能把我的书写完。"

"写书一定很难吧?"

"噢!现在做什么都难。写书难不过继续活着,继续相信……"

"主题是什么?"

"人们受苦,斗争,互相接近……"

"包括德国人?"

朵布兰斯基没有回答。

"德国人为什么这样对我们?"

"因为绝望。你没听见佩赫刚才讲的话吗?人们互相讲好听的故事,然后为这些故事去死,以为这样神话就会变成现实……他也差不多绝望了。不仅仅是德国人。自有人类以来,它四处游荡……当它走近,进入你的心里,你就变成德国人,哪怕你是名波兰爱国者。问题在于人是不是德国人,或者偶尔是德国人。这正是我想在书里讲的。你不问我书名吗?"

"你告诉我呀。"

"《欧洲教育》。这个书名是塔戴克·赫姆拉建议我起的,他显然赋予它反讽的含义。对他而言,欧洲教育就是轰炸,屠杀,枪毙人质,被迫像兽类一样在地洞里生活……我呢,我接受了挑战。人们随时可以跟我说,自由、尊严、做人的荣誉,这一切不过是人们为之去死的童话。事实是,历史上有些时刻,正如我们正在经历的时刻,要阻止人们绝望,使他们有信心,继续活下去,就需要一个藏身洞,一个避难所。这个避难所,往往不过是一支歌,一首诗,一支乐曲,一本书。我希望我的书是这样的一个避难所。战后,当一切都已结束,人们打开书,将找回自己完好无损的财富;我希望他们知道,有人可以迫使我们像畜生一样生活,但无法迫使我们绝望。没有绝望的艺术,绝望是缺乏才气的表现。"

从沼泽那边突然传来一阵狼嚎。

"塔戴克得了肺病,"扬内茨说,"他会死在这儿的。"

"他知道。我们经常试图要他离开。他应当去瑞士,住疗养院……他能做到:他父亲与德国人关系很好。正因为如此……"

"你什么意思?"

"正因为如此,他才和我们在一起,他宁可在我们中间死去,因为他父亲与德国人关系很好。"

"斯大林格勒战役还在打吗?"

"是的。一切取决于这场战役。一切。如果德国人打赢这场仗,就意味着有一天他们必须付出的努力比如果打输要大得多,可怕得多。他们并非和我们不一样,他们不会真正绝望。他们必定成功。人们只要同心协力,便很少失败。"

他迟疑片刻,住了口。

"我要跟你讲件事,向你表明我们和他们多么相似。大约一年前,德国人大施淫威。村庄一个个被烧毁,村民们……唔!最好不提他们是如何对待村民的。"

"我知道。"

"于是我纳闷:德国人民怎么能接受这个?干吗不造反?为什么甘于扮演刽子手的角色?德国人的良知在最起码的人性上受到伤害和嘲弄,是否肯定会造反并拒绝服从呢?我们何时会看到反抗的迹象呢?就在这时,一名年轻的德国士兵来到森林。他当了逃兵,来与我们会合,真诚地、勇敢地站在我们一边。这是毫无疑问的,他是个纯粹的人。他不是优等民族①的一员,他是人。

---

① 原文为德文。

他听从了身上人性的召唤,扯下了德国士兵的标签。可是我们眼里只有这个,只有标签。我们全都清楚他是个纯粹的人,这是可以感觉到的,在黑夜里看得很清楚。这小伙子是我们中的一员。但他有标签。"

"后来呢?"

"后来我们枪毙了他。因为他背上有德国人这个标签,而我们有波兰人的标签。因为我们心里有仇恨……有个人对他说,不知是解释还是道歉:'太晚了。'这个人错了。不是太晚,是太早了……"

他接着说:

"我不送你了。回见!"

他在夜色中走远了。

## 十五

佐西娅第二天晚上回来了。他白天在森林里游荡,太阳落山后才回小组,见佐西娅和切尔夫在一起。她大概带来了好消息:几天来切尔夫一直焦虑不安,现在好像放了心。

"今晚你来吗?"

"来。你等我。"

稍后,她来到他的藏身洞,胳膊下夹着个包。

"这是什么?"

她微笑了一下。

"你会知道的。"

扬内茨生了火。木柴很干,很快就着了。洞里挺暖和。木柴哔剥作响。佐西娅脱了衣服,钻进被窝。

"你不饿吗?我可以煮些土豆,很快就熟。"

"他们给我吃了东西,在城里。"

扬内茨叹了口气。她把手搭在他肩上。

"别想那……不该想。那没什么。"

"我恨他们,想把他们全杀了。"

"他们是杀不完的。"

"我想试试。先杀一个。"

"没必要。他们最终自己会死。"

"是呀,但他们不知死因。我要让他们知道为什么会死。在杀死他们之前,我要告诉他们。"

"别想这个了。脱衣服吧。躺到我身边来。这儿……舒服吗?"

"舒服。"

"你想我了吗?"

"想了。"

"很想?"

"很想。"

"时时想?"

"时时想。"

"我也想你。"

"时时想?"

"不。跟他们睡觉时不想。那时,我不想你,谁也不想,什么都不想。"

"是什么感觉,佐西娅?"

"就像觉得饿,觉得冷,像冒雨在泥泞中走,像又冷又饿时不知去哪里……起初我老哭,后来习惯了。"

"他们很凶吗?"

"他们很急迫。"

"他们打你吗?"

"很少打,喝醉酒或者特别不愉快的时候才打。"

"为什么?"

"不知道。我怎么会知道?"

"别再想了。"

"咱们不想。扬内茨……"

"什么?"

"你嫌弃我吗?"

"噢!不。"

"靠近我点。"

"已经很近了……"

"再近点。"

"再近点……"

"就这样。"

"佐西娅!"

"别怕。"

"我不怕。"

"你也许不想要我?"

"想。想。"

"别发抖嘛。"

"我控制不住。"

"让我给你盖好被子。"

"我不冷。不是因为冷。"

"那是为什么?"

"不知道。"

"我呀,我知道……"

"那请你告诉我。"

"不。"

"为什么?"

"你还没成年。"

"成年了。"

"等你再大两岁。"

"现在我已经长大了。"

"没有。"

"已经能够吃苦和打仗了。"

"你是个孩子。"

"我不是孩子。我是男子汉。"

"这话不假。别生气。"

"你干吗嘲笑我?"

"我没有嘲笑你。你是男子汉。所以你才发抖。"

"解释一下。"

"我不能解释。"

"为什么?"

"我害羞。那些话很难听。"

"没关系。马上告诉我。"

"我难为情。可是你会明白的。暂时你还保持现在的样子吧。靠近我。更近些。你会明白以前为什么会发抖。"

"以后,我就不会抖了吗?"

"不会。你会平静而幸福。非常平静,非常幸福。"

"我已经十分幸福。"

"可是你在发抖,心跳得很厉害。你嗓子发紧,声音都变了,扬内茨……我相信我可以告诉你。我相信你已是大人。我相信我可以。"

"快说呀。"

"你有欲望……"

"别说了。这是个肮脏的字眼。男人们用它讲粗话。请你再也别说了。"

"可是没有其他的字眼。"

"有,肯定有。我去问。明天我去问朵布兰斯基。他应该知道。"

"你生气了。你不高兴。你不爱我了。"

"我爱你。我爱你。别哭,佐西娅。不该这样。我们有时间学习。我们有时间忘记。我们要学漂亮的字眼,忘掉所有的脏话。"

"没有漂亮的字眼指这种事。"

"我发明一个。我们发明一个。你和我一起。只有咱俩知道,只有咱俩懂。我们不告诉任何人,它是我们的秘密。别哭了,佐西娅。总有一天,不再有德国人。总有一天,不准挨饿受冻。别哭了。我那么爱你。"

"再说一遍。"

"多少遍都行。我喜欢说。我爱你。我爱你……"

"这是个漂亮的字眼。"

"那就别再哭了。"

"我不哭了。火灭了。"

"让它灭吧。"

"扬内茨……"

"我爱你……"

"你很可亲,不像其他人。"

"其他人?"

"你碰我的时候,我不讨厌。恰恰相反。摸摸我。把手放在这儿,我的胸脯上。别拿开。"

"我整夜都不拿开。"

"扬内茨!"

"我整夜都不拿开。"

"扬内茨,扬内茨……"

"靠近些,佐西娅。"

"好。"

"更近些。尽量近些。对,就这样!"

"扬内茨!"

"别哭,别哭……"

"我不哭。噢!不,不……"

"别发抖。"

"我控制不住,我控制不……"

"佐西娅!"

"噢!我的小亲亲,噢!我的小亲亲,要是你知道……"

"佐西娅……"

"噢！别走开,噢！这样待着别动……我的小亲亲。就这样,安静点,别再动。任你的心幸福地跳吧。"

"你的心也在跳。"

"它也很幸福。"

"两颗心一起跳,互相说着话。"

"在一起很幸福。"

"不,它们不是说话,是唱歌。佐西娅,你知道……"

"什么?"

"这像音乐一样。"

"比音乐还美。"

"一样美。"

"我没见识过更美的东西。你不知道我多么幸福。"

"你还在发抖。"

"我想我会抖个不停的。而你,你现在如此平静,如此放松。"

"我很幸福。"

"别再离开我,扬内茨。原谅我……城里的事。"

"我原谅你的一切。永远原谅。"

"以前我不清楚这是怎么回事,不知道我在做什么。扬内茨……"

"说吧。"

"我再也不愿意跟他们做那种事了。"

"别再做了。"

"除了你,我再也不愿意跟别人做了。只跟你。答应我!"

"我答应。"

"原先我只知道脏话和痛苦。你不会再让我到他们那儿去吧?"

"再也不让。"

"你跟切尔夫说?"

"明天。"

"他会理解的。"

"他理不理解我不在乎。"

"他会理解。以前,他就不敢正视我的眼睛。我可以跟你一起住在这儿吗?"

"当然,跟我住吧,佐西娅。"

"你知道,我没有病。"

"这我不在乎。"

"德国军官常给我检查。切尔夫编了个谎,免得这儿的人打扰我。"

"他做得对。"

"我早些遇到你就好了。"

"我不怨你。正像被他们杀,挨他们打,忍饥挨饿。这无所谓好坏,是一码事,都是德国人干的。"

"也不是他们的错。如果他们是人,就不是他们的错。他们的手,不由自主地伸了出去。"

"不是人的错。错在上帝。"

"别这么说。"

"他对我们太狠。"

"千万别这么说。"

"他指使德国人烧了我们的村子。"

"也许不是他的错。也许他控制不了。"

"他给了我们饥饿、寒冷、德国人和战争。"

"也许他很不幸。也许这不取决于他。也许他很弱,很老,病得很重。我不知道。"

"谁都不知道。"

"也许他很想帮助我们,但有人不让。也许他做了尝试。也许他有一天会成功,如果人们帮他一点忙。"

"也许吧。你干吗叹气?"

"我不是叹气。我感到幸福。"

"把头放在这儿。"

"好。"

"闭上眼睛。"

"好。"

"睡吧。"

"我睡了……猜猜看我的纸包里有什么。"

"一本书?"

"不对。"

"一些吃的?"

"也不对。瞧!"

"一只毛绒熊。它好可爱。"

"是吗?"

"我小时候也有过一个。我叫它弗拉戴克。"

"我的叫米沙。我早就有它了,小时候总和它一起睡觉。这是父母唯一留给我的东西。我和它一起睡……是不是,米沙?"

在黑暗中,她用半睡半醒的声音柔声说:

"这是我的吉祥物。"

# 十六

他们在大学生的洞里聚会。水壶开始在火上欢快地嘘嘘叫着;佩赫提出要请他们喝茶。他正根据一个神奇的方子,用魔术师的动作准备沏茶;这个方子据他说是生活在森林里的一只经验丰富、不再恋世的老公羊介绍给他的,他也心甘情愿地传给大家。他说:"取一根胡萝卜,把它晾干,擦成丝,在开水里煎三四分钟……""好喝吗?"有人问。"不,"佩赫诚实地回答,"不过很烫,颜色也对!"

塔戴克·赫姆拉躺在一床被子上,睡袋卷成一团垫在头下,注视着火苗。他的女友坐在他身边,闭着眼握住他的一只手;靠土墙放着的步枪和机关枪,衬出她美丽的脸庞。

现在,扬内茨和他们混熟了。年轻女子万达和塔戴克·赫姆拉在大学里相识,他俩同上历史课;头部受伤的年轻游击队员佩赫,是法科学生。大学,考试,曾打算从事的教师职业,属于另一个世界,一个没了踪影、被淹没、已消逝的世界。然而,他们的地洞里到处是书,扬内茨惊讶地得知,他们继续学习,几小时地埋头苦读历史课本和法学课本。扬内茨拿起一部厚厚的《宪法学》,打开翻到《人权宣言——一七八九年法国大革命》这一页,然后合上,嘲讽地浅浅一笑。

"是的,我知道,"塔戴克·赫姆拉温和地说,"很难把这当真,是吧?欧洲一直拥有世上最好、最美的大学,在那儿产生了我们最美好的思想,给最伟大的作品带来灵感的思想,就是自由、人的尊严和博爱这些概念。欧洲的大学是文明的摇篮。但还有另一种欧洲教育,我们当前正在接受的教育:行刑队,奴役,酷刑,强暴——摧毁一切令生活美好的东西。这是黑暗的时刻。"

"它会过去的。"朵布兰斯基说。

他曾答应给他们读一段他写的书。扬内茨膝头上放着滚烫的饭盒,不耐烦地等着。他请大学生们替他约切尔夫谈话。此刻切尔夫谦虚地坐在一个角落里,双膝缩到颏下,背靠土壁。为了听清楚些,他摘下了头巾:扬内茨第一次见他光着头。他的头发又黑又亮,卷曲得很厉害,给他的脸平添了野性的神色。他不说什么,喝着茶,使劲眨着眼睛,好像很高兴待在那儿。塔戴克·赫姆拉轻声咳嗽着。每次他都用手掩住嘴,以示抱歉。朵布兰斯基时时不安地望着他。

"开始吧。"塔戴克要求道。

朵布兰斯基在上装里摸了摸,掏出一个厚本子。

"如果你们嫌烦,只须打断我。"

众人表示反对。但佩赫粗鲁地说:

"同志们可以指望我!"

"谢谢。我要给你们读的这一段发生在法国,名叫《巴黎的资产者》。"

"资产者,"佩赫指出,"到处都一样,不管是在巴黎、柏林,或在华沙。"

他夸张地堵住鼻孔宣称:

"在世界各国,他们气味相同。"

"闭嘴,佩赫!"塔戴克和气地求他,"你是共产党员,很好,咱们以后再理论!现在,让我们安静点。"

"我开始了。"朵布兰斯基说。

他读了起来:

> 卡尔先生走进大楼,仔细擦了擦鞋,对守门人赖蒂太太心怀敬畏。"注意小节能交上大朋友……"他一脸诚恳,敲了敲门房的门,进来时致以典型的法式问候:"先生太太好!"
>
> "卡尔先生!"赖蒂太太叫道,"您终于回来了……您能把这些先生的话翻译给我听吗?"
>
> 卡尔先生从容不迫地戴上眼镜,朝两个年轻人转过身去,他们身穿雨衣,站在门房中央,脸色阴沉。"两位同仁!"他一眼认了出来。另一眼足以使他明白,两位来访者在盖世太保系统中的地位远远在他之下。
>
> "先生们[①]?"

---

① 原文为德文。

鞋后跟嗒地一碰。喉音短暂的问候。"法国人的上帝啊,把这事办成吧!"赖蒂太太想,"但愿一切顺利!"她的心在胸膛里奇怪地跳着,正像两年前收到丈夫的第一封信时那样。"我当了俘虏。我想念你。不要绝望。"鞋后跟再次嗒地一响。

"当然①!"卡尔先生微微一笑。

他慈父般地朝赖蒂太太转过身去。

"办个手续,亲爱的太太!这些先生相信有名敌军的伞兵藏在房子里。"

他从挂架上取下自己的钥匙。

"绝不可能②!"他生硬地说,"我清楚这楼里发生的一切。当然③……你们公事公办。"

他向他们还礼,然后出去了。卡尔先生受德国当局委托维护该区的"宁静"。这是个必须由可靠的人掌管的位子。他的办法很简单。靠软功夫,掌握分寸,玩些技巧。什么都知道,但什么都不问。把自己打扮成朋友,忠实盟友的模样。他故意散布关于自己的一些小传说,比方有一次他如何把一个散发传单的年轻大学生藏在家里,另一次他如何严惩了一名对女人过于厚颜无耻的德国军官。巴黎的资产者很天真,对地下斗争毫无概念。要赢得他们的信任如同小孩的游戏。

"卡尔先生。"

---

①②③ 原文为德文。

赖蒂太太不顾怦怦乱跳的心,三步并作两步地爬上楼梯。

"我完全忘了……您的洗澡间漏水……我请了管子工来,他正在干活儿。"

"我万分感激!"卡尔先生略微提起帽子,说道。

但赖蒂太太已经朝门房跑去。

"但愿一切顺利……"

她撞上一个瘦弱的人,此人怯生生地道歉。

"我来向您道别。"莱维先生喃喃地说。

"他找我干吗?"赖蒂太太努力想了想,"啊!对了,他要走了。昨晚卡尔先生命令他在二十四小时之内离开大楼。应当对他说几句亲切的话……可怜的人!可现在不行,现在不行!"她推开门房的门,嘴角含笑朝两个阴着脸的年轻人走去。卡尔先生在楼梯上碰见了格里埃。格里埃总在离卡尔先生不远的地方出现,晃着两条拳击手的胳膊,活像一头忠实的畜生。卡尔先生对这种默默无言的忠诚十分骄傲,常给他一些小费和香烟。"注意小节能交上大朋友!"格里埃在楼里干杂务,给赖蒂太太帮忙,为房客做些小活儿。他用那双忠实的狗的眼睛望着卡尔先生,后者友好地拍了一下他的肩膀,继续上楼,一边用口哨吹《霍斯特·韦塞尔之歌》[①]。全区他最

---

① 原文为德文。

喜欢的就是这幢房子。从来没有烦心事,从来没有麻烦。与房客们关系融洽友好。相互尊重,相互理解。礼貌。坦诚。互助。温文尔雅。一句话,合作!在别的大楼,必须威胁,监禁,有时得枪毙几个。出过印传单,办地下刊物,隐藏英国特务的事。甚至搞过谋杀。可是这幢楼很规矩,很听话,一团和气。当然有一两个例外。七十二岁的奥诺雷老先生从不向卡尔先生还礼,不跟他讲话,甚至好像不知他的存在。还有卖乳酪的布吕尼翁先生。每次遇见卡尔先生,他都粗鲁地拍着他的肚子狂笑不止,在两阵呛咳之间吼道:"斯大林格勒,斯大林格勒,阴暗的平原……①哈哈!"

卡尔先生听见一阵脚步声,抬起了头:奥诺雷先生正在下楼。他身子直挺挺的,胳膊下夹着手杖。他一眼不瞧卡尔先生,目光穿过他投向远方。"一如往常!"每次卡尔先生都觉得受了侮辱。他宁愿别人恨他,也不愿别人无视他。这个疯疯癫癫的法国人走过时,他感到自己不再存在。正是为了表示他的存在,他才脱下帽子,迅速打招呼。自然,奥诺雷先生没有还礼,目光继续穿过卡尔先生的脸,好像那是一块脏玻璃。

"听着,"卡尔先生突然用快活的声调说,"咱们

---

① 影射雨果的一首诗:"滑铁卢,滑铁卢,滑铁卢,阴暗的平原……"

一劳永逸地交换一下看法。我是作为朋友、盟友,而不是作为战胜者到这儿来的。"

奥诺雷先生停下脚步,朝卡尔先生转过身来注视着他。对,注视着他。卡尔先生甚至觉得不仅被他注视,也被他看见了。

"俄罗斯万岁,先生!"奥诺雷先生喊道,"俄罗斯万岁!"

他目光盯住卡尔先生,等了片刻,然后夹紧手杖,继续下楼……在下一层楼,赖蒂太太由两个阴沉的年轻人陪着,受到德·麦勒维尔夫人的接待。这是位白发苍苍、十分年迈的妇人。她在候见厅接待他们,并且立即讲起来:

"有没有人在我家?没有,就我一个人。我丈夫在另一场战争——正义之战——中被杀死,我儿子在英国。对,先生们,他不在这儿,在英国。在英国。你们知道这个国家,是不是?炸毁柏林的飞机就是从那儿起飞的。我儿子在空军。他和你们打仗。每天夜里,他向你们的城市投炸弹。你们不懂法语?太可惜了。我儿子……飞机……炸弹……柏林……听懂了吗?"

德·麦勒维尔夫人面带微笑,讲得很慢。她不紧张,只想拖延时间。"但愿格里埃做得快点!但愿他来得及拿走篮子!"两个年轻人目不转睛地望着德·麦勒维尔夫人。

"是我帮他走的。留下我一个没什么关系。我感到幸福。知道儿子跟你们打仗,我很幸福。他让你们尝到不幸的滋味,而不幸将教会你们如何做人……"

两名青年用沙哑的声音交谈了两句,开始搜查房间。有人敲门,赖蒂太太去开门。是莱维先生手拿帽子站在门外。

"我是来向德·麦勒维尔夫人告别的。"他怯生生地说。

德·麦勒维尔夫人随着两个年轻人从一间屋走到另一间屋。必须留住他们,赢得时间。必须让格里埃有时间把篮子放到楼外。

"搜吧,看吧,踩吧。你们也可以烧、抢、杀,只要你们高兴。我不在乎。你们阻止不了英国人轰炸你们的城市,一条街一条街地炸。科隆,汉堡,柏林……你们会明白的。英国人会让你们睁开眼睛。在你们城市的废墟上,在你们孩子的墓前,你们会理解我们。你们已经开始理解了……你们说'再也不要'的日子不远了。但那时已经太晚了。"

"这老太太疯了[①]!"两名青年中最神经质的那一个耸了耸肩膀,终于说。

**朵布兰斯基停下来,转身问塔戴克:**

---

① 原文为德文。

"你觉得怎么样?"

"写的或许是真事。恐怕是真事。我不做任何结论,而且我毫不欣赏巴黎的资产者。他们在学校学拉封丹的寓言,思索蒙田的思想,建造了圣母院,给了世界如今世人试图还给他们的东西:自由。他们愿意一直做法国人。他们不值得欣赏,也不值得感谢。"

"我的意见是……"佩赫开口说。

"躺下!躺下!"

"纯属杜撰!"佩赫仍用尖锐刺耳的声音叫道,"言不由衷的奉承!欺骗性宣传!"

朵布兰斯基接着念道:

> 卡尔先生来到自己房门前,把钥匙插进锁孔……这时,对面的门开了,舍瓦利埃夫妇走了出来。
>
> "卡尔先生!……真令人惊喜!"
>
> 舍瓦利埃先生一下蹦到卡尔先生面前,热情洋溢地紧握他的手,仿佛终于又见到了一位老朋友。卡尔先生任他摆布,觉得挺好玩儿。舍瓦利埃夫妇是他最忠实的朋友,最驯服的羊羔。舍瓦利埃先生从不说"德国",而说"我们在莱茵河彼岸的高贵慷慨的盟友";他从不说"元首①",而说"新欧洲天才的导师";德军在他嘴里始终是"治安部队";谈到

---

① 原文为德文。

"合作",他脸上露出极为激动的神色,声音微微颤抖,有时甚至两眼湿润。舍瓦利埃太太从不讲话,只如面对圣像一般双手合十,带着哑巴的神情和愚忠注视着卡尔先生。有时,他也和众人一样起疑心,这一切在他看来好得不像真的。有时,他觉得自己成了一场恶作剧的牺牲品,像法国人所说落入了精心编织的"圈套"。但他把这归因于他天生的多疑和做了十年密探后过分紧张的神经。只须听到舍瓦利埃先生提到"法德夫妇"时激动的颤音,只须看到他那张脸,卡尔先生便完全放下心来。舍瓦利埃先生蓄着刷子状的小胡子,脑门上留了一绺他很得意的难以理顺的头发。这张脸带着恰到好处的腼腆,似乎在说:"看到我,你没想起谁吗?"

"卡尔先生,"舍瓦利埃先生说,"能跟您握手,我们总是很高兴……"

他停住不说了。格里埃晃着胳膊,嘴里叼着烟卷来到了楼梯平台。他双目无光,探出那张被击败的拳击手的脸。

"我来收衣服!"他咕哝道。

"衣服?"舍瓦利埃先生说,"衣服?啊!对了……当然,脏衣服……在浴室里,老兄!"

他抓住卡尔先生的手,使劲晃了晃,满脸是汗。"衣服"指的是最近一期的《解放报》。舍瓦利埃夫妇在浴室的一架微型印刷机上印这份报纸,然后由格里埃及其朋友们连夜在街道散发。但愿德·麦勒维尔夫人再拖住警察几分钟……但愿格里埃顺利通过。德·麦勒维尔夫人的公寓在下一层楼。过一会儿两个年轻人就要上来,那时……印刷机藏好了,可是那只大篮子无法隐匿。他们只须掀开床单,《解放报》就不复存在……还有舍瓦利埃夫妇。

"谢谢你!"卡尔先生庄严地说。

舍瓦利埃太太略歪着脑袋,半张着嘴,双手合十,出神地望着他……格里埃抱着盖了一条脏被单的篮子出了公寓。他嘴里叼着烟卷,表情呆滞,开始慢慢下楼梯……舍瓦利埃先生像机器人似的继续晃着卡尔先生的手。"一层……两层……他出去了!"

"谢谢你,"卡尔先生说,"我请你原谅。有份报告要写……"

舍瓦利埃先生把一根手指放在唇上。

"一个字别说!"他低声说,"我们懂了!"

他摇着那绺头发,重复道:"嘘!一个字别说!"然后,他踮着脚尖回房,后面跟着妻子。他刚关上房门,妻子便无声地晕倒在他怀里。楼梯平台上,卡尔先生闭着眼忍气吞声地等着。这时布吕尼翁先生满面春风,大步流星地来了。"也许今天他会改变态度?"卡尔先生牙疼似的扭歪了脸,心中暗想。但他已听到布吕尼翁先生的痴笑。"只要他不拍我肚子……"可是他已挨了第一下。

"斯大林格勒,斯大林格勒……阴暗的平原!"布吕尼翁先生吼叫着,"哈哈!"

卡尔先生愤愤地用钥匙打开门,进了屋。他的好情绪跑得无影无踪,觉得烦躁,不舒服。

"算了,算了……分寸感!软功夫!"他听到流水声。"啊!对了……管子工!"他走进浴室。一个穿蓝色工装的年轻人俯身在浴盆上,工具散落在地板上。

"要很长时间吗?"

"半个钟头左右,先生。"

有人按铃。"这次完了!"年轻人想。他并不害怕,但一些重要情报将送不到伦敦,抵抗运动将失去又一位宝贵的联络员……卡尔先生去开门,与赖蒂太太及两个阴沉的年轻人碰了个脸对脸。赖蒂太太面色苍白,精神不振。可是卡尔先生才不管赖蒂太太呢。

"你们找我个鬼呀!"他用德语吼起来,"简直难以置信!你们以为我把一名英国特工藏在床底下?①"

脚后跟咔地一响。一迭声的道歉。

"我跟他们说了这是你的公寓。"赖蒂太太解释说,"可他们听不懂法语。"

---

① 原文为德文。

她闭上眼睛。"法国人的上帝啊,让他把我们拒之门外吧!"她听到啪地一声,睁开了眼睛:门关上了。

朵布兰斯基喝了一口茶。佩赫趁机发起攻击。

"这位同志完全是白干吧?"他询问道,"或者这种卖身给他带来些收益?"

"完全白干!"朵布兰斯基伤心地承认。

他又拿起他的本子:

晚上。大楼里静悄悄的。穿工装的年轻人夹着工具包走了。两个阴沉的年轻人朝着另一个方向,也走了。在他的阁楼里,格里埃思考着明天的事。明天,必须给地下电台换个地方……明天,必须为藏在依西的英国飞行员弄到纸张……新的风险,新的努力。他点燃一支烟,微微一笑。斯宾诺莎和柏格森,要准备的哲学课,待改的作业,如今离他多么遥远!他的学生们散于各处。有的在英国,有的死了或当了俘虏,还有的跟他一样隐蔽起来,与他一道工作……"明天,"他想,"该去照顾雷诺汽车厂两名被枪毙工人的家属。"卡尔先生舒适地坐在自己的公寓里,正在给上司写报告,穿着拖鞋的脚很暖和。"我可以毫不吹嘘地断言,"他写道,"我的地段十分平静。巴黎的中产阶级容易管。有点分寸感,玩些技巧,机灵一点……用法国人的方式笼络他们,这就够了。必须做他们的朋友,赢得他们的敬重和信任。说句亲切的话,帮个小忙,营造一种融洽诚挚的气氛。巴黎是座指头一戳便破的城市……"

他对自己很满意,举起笔,浮想联翩。他的报告肯定会得到赏识并传到高层……更高层。不久人们就会窃窃私语:"**地方党部头目**①奥伯先生是位能人。"他会得到新的职位……更高,越来越高!举着笔,脚穿拖鞋,卡尔先生做着梦……舍瓦利埃先生在卧室里为下期《解放报》写文章。在浴室里,妻子俯身在小型印刷机上。"要耐心。"舍瓦利埃先生写道,"不露声色。只在夜间有把握时行动。不要暴露你的家庭,你的子女。要遵守规则,不昏头昏脑,别握紧拳头。胳臂要放松,表情要平静。面带微笑。不要怀疑。须知他们一定会来,他们正在准备。他们一定会来,正如明天必将来临。到那时你扔掉面具,拿起武器,发泄你的怒气……解放指日可待!"

另一场严峻的考验正等着赖蒂太太。她心情稍稍平静下来后,便上楼去莱维的房间,与他正式道别。她按铃。莱维先生没有回答。"他走了!"赖蒂太太想。她拿出万能钥匙,开门进屋。是的,莱维先生走了。他瘦弱的身体吊在客厅中央的一根绳子上。他走了。没有通行证,他越过边境线,到达自由

---

① 原文为德文。

区。他把身份证放在桌上显眼处,好像要说明他是谁,为何要走。临走前,他想必迟疑了一下,想必有些担心阴间的门上挂着"犹太人禁止入内"的牌子,不准他进。

脚上套着拖鞋,嘴角挂着自得的微笑,卡尔先生继续写他精彩的报告。"受人爱戴,"他写道,"这正是我小小成功的秘诀,也应该是我们在这个国家的座右铭……同婴儿玩耍,在地铁里给女士让座……注意小节能交大朋友。施展魅力,表示善意……巴黎的有产者不习惯地下斗争。他们还不爱我们,但已经很欣赏我们。五十年后,他们的儿子不会记得自己的父亲曾讲法语!"

朵布兰斯基合上本子,把它藏在上装里。

"怎么样?"

佩赫佯装漠不关心。他把开水倒在一只桶里,舒服地烫着脚,半闭上眼睛,歪着头,一副享受的样子。

"我有几分怀疑。"切尔夫突然说,"我以为……"

他迟疑了,脸涨得通红。

"直说吧,切尔夫。"

"我以为你错了。你这是理想主义……我呢,我对有产者毫不信任,不管是巴黎的,还是其他地方的。奥诺雷先生十有八九为维希政府当差,我还担心你的布吕尼翁先生平心静气地把自己的乳酪低价卖给德国人。至于莱维先生……"

"怎么样？"

"他是头驴。当下，犹太人是不会自杀的。要么杀人，要么被杀。除非是个该死的犹太裔小布尔乔亚……"

响起咯咯咯表示赞赏的笑声：是佩赫在笑。他把脚擦干，用《圣经》里的动作把脚伸给在场的人看，大脚指头对准朵布兰斯基，说道：

"看看……这位义士的死我可不负责！"

深夜，扬内茨回到地洞，佐西娅已睡了，没有听见他回来。黑暗中响起她均匀、平静的呼吸声。他听了片刻，脱衣钻到她身边，把头搁在她胸脯上。她没有醒。他听着她的心平稳地跳着，然后睡着了……醒来后，他对她说：

"你知道，朵布兰斯基写了一本书。"

"他给你看了？"

"对。"

"书里讲什么？"

扬内茨迟疑片刻，然后忧郁地紧紧搂住她，说道：

"我们并不孤立。"

## 十七

一天早晨,维列卡河上的两座桥当着守桥士兵的面被炸断。同一天,昂托科尔的变电站被部分炸毁。于是,森林里传闻四起:"游击队员纳杰日达又开始行动啦!"

德国人枪毙了十几个人质,痛打为他们提供情报的人,宣布了夏天烧林、把"绿林好汉"一网打尽的意图。在一九四二年十一月的报告中,省党部头目①科赫气恼地指出,他们为寻找化名"游击队员纳杰日达"的人作了种种努力,白白耗费了时间和精力,未能制止这个支撑全国人民勇气和希望的人再次得手。德军为此付出的代价远高于对付日益壮大的游击队。

如今,男女老少投向占领者的目光,闪烁着略带嘲弄的快活的光彩。柏林的心理战机构显然认识到,杀掉此人至关重要,因为在一个战败国,他的名字终将创造一个名副其实的不可战胜的神话。

奉卡尔滕布伦纳本人之命,一个特别巧妙的计谋付

---

① 原文为德文。

诸实施：德国各报宣布，真名玛留斯基的波兰"绿军"司令纳杰日达将军，以及他的副官们悉数被捕。被捕后，他的照片——一个高傲、俊朗、个子奇高、戴着手铐的男子——被各家通讯社散发，中立国纷纷宣称波兰抵抗运动已群龙无首。但游击队员们看着照片哈哈大笑，耸着肩膀：他们清楚这是演戏，是迫使他们绝望的可怜的尝试。德国人展示的这个人不过是个配角，而不可能是游击队员纳杰日达。因为他们的英雄受全民保护，抓不着，打不败，世上任何权势，任何物质力量都无法阻止他继续战斗，取得辉煌战果。

这一时期，在维列卡森林，扬内茨和其他所有游击队员，和全体波兰人一样，不住地琢磨"绿军"司令员的真实身份。每当森林中又传来他再立战功的消息，每当两名大学生带着发报机出现，而发出的电文总以"纳杰日达明天唱歌"结尾时，已经听得出莫尔斯电码声音的扬内茨总好奇得睡不着觉，缠着切尔夫不断地向他提问题。

"我肯定你知道他是谁。"

切尔夫一本正经地望着扬内茨，眨着眼睛。从他嘴里什么也别想套出来。而且，要分清归之于英雄的功绩里哪些是真的，哪些是老百姓的想象，变得越来越难了。后来风传游击队员纳杰日达正在斯大林格勒打仗，扬内茨五次三番地问切尔夫，想从他那儿得到一些消息。可是切尔夫一副打哈哈的样子，一句话不说，右眼越眨越快，而且特别严肃，脸上因而更显出嘲弄人的神色。终

于,有一天,他对扬内茨说:

"是的,我认识他。"

扬内茨非常害怕。突然间,他不想知道了。也许游击队员纳杰日达根本不是他的父亲,如他暗想的那样。这样说来,他父亲真的死了。可是他已经没有退路。

"你见过他?"

"当然见过,尤其听过他讲话。"

"但他究竟是谁呀?"

切尔夫严肃地、目不转睛地望着他。

"你发誓不讲出去?"

"我发誓。"扬内茨说。

"那好,我告诉你。这是一只夜莺,总在森林里听见的那只波兰老夜莺。它有条好嗓子,唱起来很好听。而且,你明白,只要这只夜莺一直在唱,我们就不会出事。整个波兰就在它的嗓子里。"

扬内茨气愤地望着他,但切尔夫脸色非常严肃,十分友善地冲他眨着眼睛,让他无法抱怨。而且,说到底,游击队员纳杰日达的真实身份是至关重要的军事秘密,他没有权利披露。

一天早上,朵布兰斯基来找扬内茨,跟他谈了很久。

"我尤其希望他到林子里来,见到他,跟他谈谈。"

"这根本没用……"

"也许吧。可是总得试一试。"

"好。我这就去。"

中午时分,扬内茨到了维尔诺。赫姆拉家的公馆位于大戏院附近。戏院的廊柱上贴满德文海报,正为占领军上演的剧目是《洛亨格林》①。扬内茨穿过柏树林,把鞋擦干净,然后按门铃。一名老仆人来开门。他严厉地望着衣衫褴褛的来访者。

"走开。我们不向乞丐施舍。"

"是赫姆拉先生的儿子派我来的。"

老人的脸上放出光彩。

"进来,孩子,进来。"

他关上门,挂好安全链,小步赶上扬内茨。

"塔戴克先生身体好吗?"

"他病得很重。"

"耶稣,玛利亚,耶稣,玛利亚②……"

他擦拭着眼睛,留着长长白发的头抖动起来。

"我看着他出生,看着他长大……他们父子俩是我抚养的……耶稣啊!"

他略微直起佝偻的背。

"我能去看看他吗?"

"再说吧。"

"问问他,孩子,告诉他是我,老瓦朗蒂,想去看他……"

"我会跟他说的。"

---

① 即瓦格纳的歌剧《天鹅骑士》,洛亨格林是德国传说中的英雄。
② 原文为波兰文。

"谢谢,谢谢,孩子。你是个好孩子。我一眼就看出来了。我开了门,心里就想:'这是个小天使,有颗金子般的心……'是的,是的……你想去厨房吃点东西吗?"

"不。我要跟赫姆拉先生谈谈。"

"好,好,随你的便,孩子……别生气,我就去,我就去……"

他拖着一条腿,身子佝偻着走开了。扬内茨环顾四周。这是一座豪华的宅邸。家具、画框、门把手和窗框精雕细刻并且镀了金。天花板上吊着一盏华丽的水晶灯。地毯厚实柔软,图案赏心悦目。扬内茨想起冻土下的地洞,在破布堆上瑟瑟发抖的大学生……门猛地开了,赫姆拉先生走进候见厅。这是个发了福的男人,脸上充血,怒容满面。

"是我儿子派你来的? 真奇怪……说吧!"

"请别嚷嚷。"扬内茨说,"我并非有求于您,我……"

"是我有求于你,对吧? 那好,说吧! 你要钱吗? 那伙人要赎金?"

"主人,"瓦朗蒂哀求道,"主人,小心些!"

赫姆拉咬咬嘴唇。

"那么,"他用略带嘶哑的嗓音说道,"他怎么样? 还那么顽固?"

"肺病是一种顽固的疾病。"扬内茨说。

"他说什么[1],他说什么?"瓦朗蒂哀叹道,"这怎么

---

[1] 原文为波兰文。

可能？"

"这是他自找的。"赫姆拉说道,"他不就是想要这个结果吗？他本来可以得到精心的治疗,把病治好。可是他不愿意。为了什么？为了什么事业？"

"耶稣,玛利亚。"瓦朗蒂期期艾艾地说,"我们会出什么事？我们会出什么事①？"

"我想见他。"赫姆拉说。

"我就是来接您的。"

赫姆拉转向瓦朗蒂。

"去拿我的毛皮大衣。"

"决定得倒快,去拿我的毛皮大衣。"老人咕哝着,"可是塔戴克先生,也许他也冷呢？也许他正挨饿呢？"

"够了,"赫姆拉说,"他自找的。我和你,我们谁也没办法。"

"这要看情况,这要看情况！"老人不满地说,"你已故的父亲是不会跟普鲁士人搞在一起的,愿他的灵魂与上帝同在！"

"去拿我的毛皮大衣。"

老人低声抱怨着走了。他回来时,胳臂上搭着毛皮大衣,他自己也穿上了上路的衣服。

"我和你一起去。"他叽里咕噜地说,"我了解你们,你们两个。你会需要我。"

---

① 原文为波兰文。

他们天黑时到达森林。扬内茨把两人带到老磨坊的池塘边。

"在这儿等着。"

他离开了。在大学生们的藏身洞里,他见塔戴克和朵布兰斯基正在下棋。火快要灭了。佩赫发出鼾声,他钻到一堆肮脏的破布堆里,别人看不见他。

"同志的父亲来了。"扬内茨说,"他想见儿子。我把他留在了池塘边。"

"把他推进去算了。"塔戴克说,"如果王、车易位,我就会丢掉马。可如果不易位……当然,我易位。"

"你的马等等没什么害处,何况我对它也不感兴趣。将!"

"该死①!"塔戴克伤心地骂道,"我没有棋运。"

他把发烧的目光转向扬内茨。

"你这位同志太不谨慎。下次我父亲会把德国人带来……亚当,我想得赶快换个林子。"

"去见见他。"朵布兰斯基边码放棋子边说,"他毕竟是你母亲的丈夫……佩赫,哎!佩赫?"

"什么事?滚开!"

"我们出去。你照看一下火。"

月光皎洁。一个蓝色、纯净的夜。

远远地,他们看见池塘边有两个身影。赫姆拉来到

---

① 原文为波兰文。

儿子身边望着他,然后一下子把大衣从身上脱下来。

"穿上。"

"你自己留着吧。我不要你任何东西。你的手是脏的。"

"塔戴克先生,"瓦朗蒂试图调解,"难道可以这样……"

"听着,孩子,"赫姆拉打断他的话,"我不是来替自己辩护的。可是我要告诉你:波兰农民站在我这边,不在你那边。你们为农民做了什么?什么也没做。你们的壮举带来什么后果?农民被枪毙,收成被充公,村庄被夷为平地。他们好容易留下点小麦或土豆,靠的不是你们,而是我。因为我,我没去炸桥:我只关心不让我的农民饿死。我夹在他们和德国人之间,使他们没有挨饿,没有像满身虱子的牲口般被赶往西部。波兰国要灭亡了?那又怎么样?总比一个尸横遍野、偶有公民侥幸活着的波兰国强。进行无望的斗争,这美得很,但一个种族的命运是活下去,不是死得壮烈……"

他跺着脚。

"如果有人指给我十个波兰儿童,要救他们,我必须舔十个德国兵的靴子,我会说:'愿为您效劳!'"

"这有点像我想与肺结核为友。"塔戴克说,"好像你对我说:'别跟肺结核斗了,塔戴克!聪明点!同它搞好关系!努力赢得它的友谊!你想要我的肺,亲爱的?怎么?你拿去呀,它是你的,好朋友!请进,请就座,别拘束。'然后,恐怕我就可以高枕无忧了:肺结核很体贴,放过了我。"

"他说什么①?"瓦朗蒂吓坏了,"讲这样的话……"

赫姆拉转向朵布兰斯基。

"你们毁了我儿子的生活。"他说,"你们躲在森林里等着事情发生,却连德国人的眼神什么样都不知道。你们扮演罗宾汉很容易,可我儿子患肺结核。他会愚蠢地为此丢掉性命。他需要的是山,是阳光。你们谴责德国人抓人质,你们不是也把我儿子当人质吗?你们会向我建议:别再帮助德国人,我们把儿子还给你。我想救我儿子。我想救他。也许已经太晚了……"

"主人!"瓦朗蒂心惊胆战地叫道,"讲这样的话……啐!啐!啐!"他吐了几口唾沫,"中了魔啦②!"

赫姆拉注视儿子片刻。

"回去吧。"他说。

"你提供小麦给德军得了多少钱?"

"塔戴克先生!"瓦朗蒂哼哼着。

"如果我不卖给德国人,他们就会抢,农民们一个子儿也挣不到……"

"你可以把收下的粮食烧掉!"

"那样的话,"赫姆拉冷冷地说,"农民就会被枪毙,他们的村子被烧毁……收成万岁,我的公子!"

---

①② 原文为波兰文。

他放低声音。

"在我的土地上,我不愿再有被夷平的村庄,再有无可名状的苦难。你呢,你爱怎样就怎样。"

他苦涩地接着说:

"有其父必有其子……苹果永远落在离苹果树不远的地方。① 如果你有勇气为自己的理念而死,我可以同意为我的理念失去一个儿子。"

"主人!"瓦朗蒂喊道,"心呢,心呢,难道没有感情?"

"你怎么想就怎么做吧,塔戴克。你要记住,当前,在每个欧洲国家,成熟的人跟我想法一致,他们的儿子却为了在墙上写'自由万岁'的乐趣被枪毙。各国的老人都在捍卫自己的种族。他们更明白事理。重要的是血肉,是汗水和母亲的乳汁,而不是旗帜、边界、政府。你记住,死尸不唱波兰国歌②!"

他扔下几句话:

"现在我走了。你愿意跟我走吗?我明天就送你去瑞士。"

"扬内茨,给他带路!"

赫姆拉转身快速走开,一次也没有回头。老瓦朗蒂迈着碎步在后面追,时时停下来,转过身看塔戴克,做着绝望的手势。

"主人,你不能把他留在这儿……天哪!孩子病了。

---

①② 原文为波兰文。

这明摆着!"

赫姆拉停下脚步。

"够啦!"他命令道,"没有任何办法。你以为我是条狗,没有任何感觉?不过我告诉你:没有任何办法。他清楚自己要什么。他脾气犟,是我的骨血,会一条道走到黑。算啦,我跟你说,与其有一群活着的私生子,不如有个死了的亲生儿子……"

老仆的耐性似乎一下子耗尽了。

"杀人犯!"他突然用细弱的声音叫起来,"你不害臊吗?你父亲,要是他活着,会朝你脸上吐唾沫。你母亲一定是跟一个喝醉的马夫睡觉才有的你!"

"你可以跟他一起留下。"赫姆拉从牙缝里说。

"该死[1]!如果我年轻五十岁,你以为我不会留下来跟他在一起!我早该往你脚下吐唾沫了……竟敢这样跟我说话!混蛋[2],我有多久没打你了!"

游击队员们听见他骂了很久,声音在夜色中渐渐远去。

---

[1][2] 原文为波兰文。

## 十八

　　下了头几场雪,严寒接踵而至。扬内茨和佐西娅几乎足不出洞,生活得极为简单:劈木柴,生火,烧水,吃几个马铃薯,睡觉。扬内茨曾对切尔夫说:

　　"佐西娅再不去维尔诺了。"

　　切尔夫正在修理一只靴子。他没有抬头,说:

　　"我知道。"

　　"她和我在一起。"

　　"好。"

　　这就完了。他看来既不惊讶,也不生气。朵布兰斯基借给扬内茨几本书:果戈理①、塞尔玛·拉格洛夫②的作品。扬内茨经常高声朗读几段给佐西娅听,然后问她:

　　"你喜欢吗?"

　　"我喜欢你的声音。"

　　他们早早睡觉。有时,木柴够烧好几天的时候,他们

---

① 果戈理(1809—1852),俄国著名小说家。
② 拉格洛夫(1858—1940),瑞典女小说家,获得诺贝尔文学奖的第一位妇女和第一位瑞典作家。

只起来给火添柴。对他们而言,白昼如同黑夜,时间停止存在。有时,他们醒来后把头伸出洞外,发现天黑漆漆的。

"大概几点钟了?"

"不知道。来,回去睡觉吧。"

他们还剩下四大袋马铃薯,足以过冬。唯一担心的是火。他们用破布包住手,去捡枯枝,扛进洞里,再出去捡。在洁白的雪地上,两只黑蚂蚁来来回回,拖着可笑的细枝……然后,他们回到洞里,生火取暖,很少讲话。他们紧挨着躺在几床被子下,身体比语言更能表达他们的心声。佐西娅有时问他:

"你认为这一切有一天会结束吗?"

"不知道。我父亲说过,这取决于战役。"

"什么战役?"

"斯大林格勒战役。"

"大家都在谈这场战役。甚至在维尔诺的德国人。"

"人人都谈。"

"仗还在打?"

"夜以继日。"

"我们的朋友们,他们打赢后会做什么?"

"他们会建设一个新的世界。"

"我们帮不了他们,我们太矮小,真遗憾。"

"身材不重要,关键是有勇气。"

"这新世界什么样?"

"它不再有仇恨。"

"必须杀很多人,那……"

"必须杀很多人。"

"那仇恨还会存在,比以前更强烈……"

"那就不杀他们。治愈他们,给他们饭吃,为他们造房子。给他们音乐和书籍。教他们行善。他们学会了仇恨,也一定能学会善良。"

"仇恨是忘不掉的,正如爱情。"

"我有恨,是德国人教给我的:我失去了父母,挨饿受冻,住在地下;我知道,如果一个德国人在路上遇到我,他不会把他的饭盒送给我,不会在火边给我腾个位子,他能给我的,只是射进皮肉的一粒子弹。德国人为任何东西都准备了子弹。一粒为胸膛,一粒为希望,一粒为美丽,一粒为爱情……我恨他们!"

"不应该。等我们有了孩子,要教他们爱,而不是恨。"

"也要教他们恨。恨丑陋、嫉妒、武力、法西斯……"

"法西斯是什么东西?"

"我不大清楚。是仇恨的一种方式。"

"我们的孩子永远不会挨饿受冻。"

"不挨饿,也不受冻。"

"你答应我。"

"我答应你。我会尽力。"

夜里,他们常常被无休止的狼嚎惊醒:饥饿的狼群在林子里转来转去。早上,扬内茨在藏身洞周围发现了它们的踪迹。森林变得光秃秃、白茫茫的。乌鸦在雪地里闲荡,呱呱地叫了很久。雪占领了森林,在白色的背景上,人活像一只只黑蚂蚁,顽强的,摇摇晃晃的,冷得发傻发呆的,往洞里拖着细得可笑的树枝。他们的生活今后只有一个目标:生火。在城里,征服者们等待夏季来临再去征战;在密林里,比冬日的阳光更微弱的希望仍然存在心里。人们不再关心城里的传闻,相互不再讲话,冷得龇牙咧嘴,脸部起的皱纹比老树皮还多。兹博洛夫斯基三兄弟不时从村里回来,把粗硬如石的手指伸到火边烤,简短地说:

"他们仍在坚持。"

# 十九

正是在这样严寒的季节,当人和动物的心渐渐变凉,生命只等一个神秘的信号便停止的时候,塔戴克死了。那是在夜里,他躺在火边,在睡梦中死去,连把他抱在怀里的年轻女子也没有发觉他走了。头天,他觉得好一些,不再咳嗽,烧也退了。他求朵布兰斯基给他读一段书。

"不必了,"朵布兰斯基说,"你还是睡一会儿。"

"今晚我感觉很好。谁知道呢,亚当,说不定不久我就能参加公路出击哩。"

"说不定。"

"春天,我们要袭击德国军车……是不是?"

"是。春天。"

"必须全力以赴帮助斯大林格勒人。"

"我们会尽全力。别动,塔戴克。"

"我很好。亚当,给我读点什么。"

"你想听什么?"

"童话。"

"好。别讲太多的话。不然你又要咳嗽了。"

"一篇我是主人公的童话,最后我将战死沙场,不是死于肺结核。"

"行。安静些。把头放在这儿……我这就给你讲故事。"

"开始吧……"

"好,好……"

波兰歼击机驾驶员塔戴克·赫姆拉生命垂危,奄奄一息。他仰卧在草地上,在英国一片小而茂密的森林中央。撞碎的飞机倒在离他几步远的地方,机翼折断,螺旋桨愤怒地戳在地上,好似一把剑。从他破碎的脊柱中没有发出一声痛苦的呻吟,身体好像是别人的。"曾经多棒的身体啊!"他忧郁地想,满怀主人对忠犬的亲情。他的视线开始模糊……

"这正是所谓的感人一刻。"塔戴克喃喃地说。

突然,他面前的灌木丛动了一下,一株桑树的上方露出佩赫呆傻的脸。佩赫厌恶地看了塔戴克一眼,挖苦地呱呱叫了几声,钻出灌木丛,手里拿着一瓶威士忌……

"这如果是真的该多好!"佩赫叽咕着说。

"闭嘴……"

他的出现有点令人惊诧。塔戴克感觉到了,但在目前的状况下,他无法集中精神想清楚。不管怎样,机场离此地仅有几英里,他们一定看到他的飞机摔在森林里了。佩赫朝塔戴克俯下身去,把酒瓶口对着他的嘴。塔戴克喝了几口,发现效用和以前一样好。这时,他看见同一个中队的亚当·朵布兰斯基从荆棘丛中钻了出来。朵布兰斯基表现得极其恶劣,十分厌恶地望着被降落伞绳捆着的躯体。

"跟香肠似的!"他往草地上一坐,说道,"把威士忌递给我。这么说,他们把你打下来了?"

塔戴克嘟囔了几句难听的话,然后也要酒瓶子。他发现人家对他照顾不周。他快死了。

**"别讲了!"佩赫低声道,"他睡了。"**

**塔戴克睁开眼睛。**

**"我没睡。接着讲。"**

他快死了,倒卧在地,无人照看,景况凄凉。他最好的朋友似乎把这一切当成一场极有趣的玩笑。他并不要求他们扯着头发号啕大哭,但这毕竟不是喝得酩酊大醉的场合。

"你们至少应该脱下帽子。"他尊严地建议。"佩赫,别拘束。如果你站着喝累了,可以坐到我身上。"他声音悲切地补充道。

令他大为惊讶的是,佩赫立即手拿酒瓶坐到他肚子上。但他没有感到任何分量。相反,他觉得自己从外部注视这一切,仿佛这装束可笑的躯体不是他的。

"噢！情况比我想的还要糟。"他沮丧地说，"别试图给我打气！"他假充好汉，"我清楚自己伤得多重！"

"宝贝儿！"佩赫说，"你以为我们有一丝一毫的幻想呀？干杯！①"

他喝了口酒。

"如果你能见到你心仪的作品被毁……"他用夸张的语调说。

"我？"佩赫叹道，"吉卜林的诗？"

"对。如果你能见到你心仪的作品被毁……那个善良的老吉卜林！人家会为你读他关于斯大林格勒的诗作……他亲口承认这是他写得最好的诗。热情似火！意兴湍飞！把瓶底喝干，冈加丁②！干杯③！"

"干④，"塔戴克说，"这威士忌真不错。它使人产生活下去的欲望……"

听到这句话，他的两个伙伴大为快活。酒瓶又迅速地在他们手里转了几圈。

"雅布隆斯基怎么样了？"塔戴克问道。

"跟我们一样。"佩赫说，"他离开了飞行中队。"

---

① ③ ④ 原文为英文。
② 冈加丁为英国作家吉卜林同名诗作的主人公，他是一名为英国军团服务的印度搬水工，在战斗中为拯救英国士兵而中弹牺牲。

他喝干了杯中的酒。

"现在我们在滑翔飞行。"他宣布。

"切尔夫呢？我看见他在北海上方猛撞一个德国佬……我在后面两百米远处,见两架飞机向下直冲进水里。"

"是的,"佩赫证实道,"切尔夫的确落在冰冷的水里,木塞似的漂着。'咯咯……'作为地道的波兰人,他打了几个寒噤。猛然间,他听到一个浪后面有'咯咯……咯咯……'的声音。切尔夫回过头来,发现那德国佬在他身边漂着,用一双呆滞的眼睛望着他。为了暖和身子,他俩开始对骂:'你……你会丢掉小命,坏……坏家伙!'切尔夫用德语得意地悄声说。'救生带会……会断。你……你完了。'——'咯咯……'德国佬伤心地回应着。——'你,你牙齿咯咯地响,嗯?'切尔夫大喜。——'我……我?'德国人声音刺耳。'我……我喜欢！这……这样舒服!'——'很……很舒服!'切尔夫承认。'我绝对不愿待在别的地方!'——'咯咯……'两人一道打着寒战,彼此用眼角监视对方。——'我……我轰炸了华……华沙二十次!'德国人快活地嚷着。——'科……科……'切尔夫平静地回敬他。——'科……什么?'另一个疑惑不解。——'科……科隆。'切尔夫把话讲完。'哈哈哈!'——'咯咯……'德国佬阴着脸打了个寒战。一小时后,他开始支持不住。'去，去吧，'他轻声说，'沉下去吧……了结算了……'——'你……你先沉。'——'不……不行！'德国人抗议，立即喝了一口海水。切尔夫赢了一分。'你……你喝水了！'他兴高采烈。'至于我，你瞧，我……我为了高兴潜水。'他在水下消失，过了一会儿又浮到水面。'嗯？'他大口喘着气，半死不活，'你……你觉得如……如何？'德国佬绝望地看了他一眼，咬紧牙关潜入水中。后来切尔夫钦佩地对我说：'这人真固执。我一直数到十，宣布他输了……然后，我晕了过去……'我们把他捞上来时，他像海绵似的肚里灌满水。把酒瓶递给我。"

塔戴克舒坦地叹了口气。他感到幸福。酒喝多了，头有些晕，但他又和同志们在一起了，不久会和以前一样一道战斗。

"我们必胜！"他说道。

突然，他扯开喉咙唱起一首进行曲。

"瞧瞧这醉鬼！"佩赫厌恶地嘟囔着，"说真的，咱们应该把他抬到那边高的地方。"

他们每人抱着他的一只胳膊，把他略微抬起……

塔戴克仍在唱。

突然他被一个东西绊了一下。他俯下身。一名飞行员一动不动的躯体横在草中间，一身笨重的装备,戴着头盔。旁边,是一架飞机的残骸。

"这是什么?"塔戴克奇怪地问。

"没什么,"佩赫说,"别在意。跳过去就行了……"

他们把他拖走了。

朵布兰斯基住了口。游击队员们一动不动,低着头。只有佩赫从牙缝里骂了两句。后来,离开地洞时,他对扬内茨说:

"我们生出来的时候,他们给我们讲童话;快死的时候,他们还给我们讲童话。过了几千年,他们依然如此,只会干这个……"

塔戴克·赫姆拉微笑着,那年轻女子温柔地抚摸着他的头,闭上眼睛,厚密的深色头发垂在双肩上,脸上虽有泪痕,但神色泰然自若。她的模样永远留在扬内茨的记忆里,好似古帆船的船首头像,穿过沉沉黑夜,顶住狂风暴雨,永不失去光泽,永远不会沉没。

后来,很久以后,游击队员们在波兰森林中的洞穴成为全民前来纪念英雄的朝圣之地。圣地入口处,塔戴克·赫姆拉的铜牌旁,有一块牌子上刻着被德国人拷打并处决的万达·扎柳斯卡的名字。即便在这时,她的脸在扬内茨眼中仍然栩栩如生。每当他想起父亲的话:"重要的东西都不会死",就有点觉得父亲没有对他讲真话。

塔戴克·赫姆拉被埋在森林里,雪地下。他们没有作标记。大学生曾一再对他们说：

"记住，不要任何标记，任何名字。"

"为什么？"

"因为我父亲。"

他们默默地望着他。

"我不愿意他找到我。"

# 二十

切尔夫不时派扬内茨去维尔诺,找一位在扎瓦尔纳街一间地下室干活的老鞋匠。此人高大,阴沉,蓄着昔日贵族①的长嘴髭。

"你告诉他我很好。"切尔夫说。

每次扬内茨走进地下室,鞋匠都迅速看他一眼,然后又干起活来。起初,扬内茨对这种接待感到不自在,后来也渐渐习惯了。他走进鞋铺,摘下帽子,说:

"他很好。"

鞋匠不应声,于是扬内茨走了。后来他终于问切尔夫:

"他是谁呀?"

"我父亲。"

有一次,在如此古怪的拜访后回去的路上,扬内茨路过波胡兰卡街。他在雅德维加小姐过去住过的房前停下,朝大门洞望了一会儿,然后不加考虑地走进去,穿过

---

① 原文为波兰文。

院子,上了二楼……他害怕了,心怦怦乱跳。他想溜走。门里有人在弹钢琴。扬内茨听出来是肖邦的乐曲,正是雅德维加小姐经常为他弹奏的那首……他镇定下来,躲在暗处听了很久。音乐停了,他又怕起来,逃走了。在森林里,他没有对任何人讲,但很不自在,心中不安。

"有事吗?"佐西娅问。

"没事。"

次日,他在同一时辰返回维尔诺。他屏息静听……这回不是肖邦,是一首十分优美的乐曲。他不再害怕。从此,他每次去见老鞋匠,返回时总习惯从波胡兰卡经过,在昏暗的楼梯上倾听见不到弹奏者的音乐。

"你知道吗,他弹得好。"他常常叹着气对佐西娅讲,"我那么喜爱音乐……"

"胜过我?"

他拥吻着她。

"不。"

次日一早,佐西娅不见了,到傍晚才满面春风地回来。

"我有件漂亮礼物送给你。"

"是什么?"

"你会满意的。"

她笑了。

"闭上眼睛。"

他服从了。他先听到嘎吱嘎吱声,刺耳的沙沙声,接着一个粗野的哑嗓子嚎叫似的唱起来：

> 美丽的玛特太太，
> 　值得为她造孽……①

嘎吱嘎吱声，沙沙声，嚎叫声，周而复始，没完没了。

"音乐！"佐西娅自豪地说，"给你的！"

他睁开眼睛。她面带微笑，很高兴讨他喜欢。

"是扬凯尔替我在林中一个犹太人那儿找到的。"

扬内茨恨不得冲到留声机前，把唱片摔碎。但他克制住自己，不想让佐西娅难过。他默默地承受痛苦。

"好听吧？"

她又给留声机上了发条。

> 美丽的玛特太太……②

他轻轻地让留声机停下来，然后拿起手枪，塞进上装里，说：

"走。"

她站起来，什么也不问，跟着他走。他们走出地洞。暮色降临，林中空气静谧而寒冷，雪在他们脚下沙沙地响。他们彼此不讲话。她只问了一句：

"去维尔诺？"

"对。"

他们到达时天黑了。街道空无一人。扬内茨穿过院

---

①② 原文为波兰文。

子,上楼梯,后面跟着佐西娅。他抓起她的手,紧紧握着……

"听……"

屋内有琴声。他从兜里掏出手枪。佐西娅说:

"这太冒失。"

他敲门。音乐停了。响起拖鞋声,钥匙在锁孔中的转动声,然后门开了。一个男子手执一盏黄罩灯。扬内茨只朝稻田、宝塔和群鸟看了一秒钟,接着,充满仇恨的目光滑向男子的脸。这人上了岁数,头发花白,有个发红的长鼻子,架在鼻梁上的镀镍眼镜快要掉下来。他略歪着头,从镜片上方望着扬内茨,身上着一件颜色已褪的绿色晨衣,脖子上围了一条围巾,好像感冒了。他带着浓重的口音,用波兰语说:

"你……"

他的目光停在手枪上。他抬手稳住鼻子上的眼镜,没有流露出惧怕或吃惊的神色。他把门开得大大的,说:

"请进。"

佐西娅关上门。老人打了个喷嚏,大声地擤鼻涕。他叹了口气,说:

"可怜的孩子们!"

扬内茨紧握手枪,心里并不害怕。他清楚自己毫不可怜这老人。他想起了雅德维加小姐……他毫无恻隐之心。

"钱在我上衣里。孩子,你来得正是时候。我刚刚领取了我的中尉军饷。"

他笑了。

"它是你的了。"

扬内茨注视着黄灯罩上的宝塔、稻田和群鸟,心儿揪紧了。

"我不会告诉任何人。"老人友好地说,"我不希望你被枪毙,孩子。他们枪毙的人已经够多了。"

他从上衣兜里掏出钱夹子递给他。扬内茨没有接。那人好像十分诧异。

"你也许饿了?厨房里有剩……"

"我不饿。"

男子的脸色眼见着变白了。他用有些沙哑的嗓音说:

"我明白了。你以前住在这儿?我明白了。但这和我没关系。这屋子是派给我的,不是我要的。有钢琴,我自然很满意。可我没把你父母从这儿赶走,孩子。"

他手里的灯晃动着。宝塔、群鸟和稻田在投下巨大阴影的墙上移来移去。

"也许他们被杀害了?当时我不知道,否则不会接受这套住房……"

"弹琴吧!"扬内茨命令道。

男子没听明白。

"去坐到钢琴前弹奏!"

男子把灯放在钢琴上,坐了下来,双手在颤抖。

"弹什么呢?这儿有舒伯特……"

"弹吧。"

男子开始弹奏。但他的手抖得太厉害。

"弹得好一点!"扬内茨叫道。

"放下手枪,孩子。背后有枪的感觉令人泄气。"

他开始弹琴,弹得很好。"是的,"扬内茨忧郁地想,"他会弹。"他抓住佐西娅的手。

"你听。这才是音乐。"

佐西娅紧紧靠着他。

"现在弹的是肖邦。"扬内茨说。

……待他回到现实中来,他见那男子站在钢琴前,注视着他。

"我本可以缴你的械,孩子。你把一切都忘了。"

扬内茨皱起了眉头。

"你走吧。"他对佐西娅说。

"那你呢?"

"我待在这儿,免得他喊人……"

"我不会喊任何人的。"那人说。

"走吧。别怕。我在森林里跟你碰头。"

她听从了。

"你愿意我再给你弹吗?"德国人问。

"愿意。"

老人弹奏了莫扎特。靠记忆弹了近一小时。弹完后,他问道:

"你非常喜爱音乐?"

"是的。"

"你可以常来,不用担心。我很高兴为你弹琴,孩子。你愿意和我一起吃晚饭吗?"

"不。"

"随你的便。我叫施罗德,奥古斯图斯·施罗德。参军前制作音乐玩具。"

他叹了口气。

"我很喜欢我那些音乐玩具,胜过对人的喜爱。我也很爱孩子。我不喜欢战争。可我儿子喜欢,他和你年龄一样大……"

他耸了耸肩膀。

"当时,我要么出发,要么失去我的孩子。不过我在后勤服役,我连枪都没有。我们可以做朋友,孩子。"

"不。"扬内茨说。

他迟疑片刻。

"但我还会来。"

"我随时愿意为你弹琴。"

扬内茨走了。佐西娅在藏身洞里等他。

"我为你担心死了!"

"怎么样?"扬内茨问,"音乐很美,是不是?"

她像犯了过错似的低下头,陡然哭了起来。

"佐西娅!"

她像挨了揍的小孩,哇哇大哭。

"佐西娅!"他哀求道,"佐琴卡……怎么了?"

"我没觉得美,"她哽咽着,"一点也没觉得!"

"佐西娅!"

他用胳膊搂住她,把她紧紧抱在怀里。

"现在我说了,你一定不再爱我啦!"

"噢! 我爱你,怎么不爱! ……别哭了,佐琴卡!"

"你爱这音乐甚于爱我……天啊! 我多不幸啊!"

他不知如何作答,紧紧抱住她,抚弄着她的头发,一再地说:

"佐西娅,佐琴卡。"

# 二十一

扬内茨又去见了几次奥古斯图斯·施罗德。偷偷地去,每次都感到羞愧,感到痛苦,好像当了叛徒。起初,他很当心,把手枪藏在兜里,带着怀疑的眼光注意德国人的一举一动。但奥古斯图斯·施罗德终于赢得了他的信任。他给扬内茨看他儿子的照片:一名穿希特勒制服、面色阴沉的年轻人。

"他和你一般大。"他伤心地说,"但他不爱音乐,也不爱我的玩具。"

他把玩具拿给扬内茨看:土地神和昔日德意志市民的小雕像,做工很细。

"霍夫曼和格林童话中的人物我几乎都做了。"他带着孩童般的骄傲解释道,"我喜欢过去……我爱吹芦笛和竹笛、戴睡帽、吸鼻烟、穿长大衣、戴白色假发的德国……"

他微微一笑。

"那时候,吃人妖魔只活在童话里,都是好人,从来不吃人;他们顶顶喜欢的是穿着拖鞋,在火炉边抽支烟斗,喝杯啤酒,下一盘好棋……"

每个玩具都有电动装置:只要揿一个按钮,小人便活动起来,随着和谐清脆的乐曲鞠躬,跳舞。

"我从未做过铅制玩具兵,哪怕为我儿子!"奥古斯图斯·施罗德常说。

他坐在钢琴前弹奏,尤其喜欢浪漫曲①,弹得非常精彩。扬内茨感到这些曲子最能表达老人的心境、梦想和过往的爱情……他愉快地聆听这温婉凄凉的音乐。有一次他问:

"你真是德国人?"

"是的。比那些人还地道……"

他指了指窗口:街上,装甲车队正隆隆开过。

"我是最后一个德国人。"

他曾长期在克拉科夫生活,对波兰很了解,他从不敢向扬内茨提他的父母。

一天,他腼腆地问:

"你住在哪儿?"

"森林里。"

"你愿不愿意来这儿,跟我一起住?"

"不。"

奥古斯图斯·施罗德耸了耸肩膀,不再坚持。他送给扬内茨一个小玩具:一个戴睡帽的巴伐利亚市民,和着

---

① 原文为德文。

"啊,我亲爱的奥古斯丁①"的曲子微笑、吸鼻烟、打喷嚏,满意地摇头晃脑。扬内茨总把玩具带在身上。他拿出来给佐西娅看。在洞里,他俩常常望着这老头儿吸鼻烟、打喷嚏,不禁哈哈大笑。

"啊,我亲爱的奥古斯丁,奥古斯丁,奥古斯丁②……"有个什么东西在老头儿体内弹奏。他心满意足地摇着头。

---

①② 原文为德文。

# 二十二

一个星期五晚上,扬凯尔·库基埃擦靴子,洗胡子,用带流苏的绸披巾包住祈祷书,然后走了。游击队员们善意地望着他走远,只有马赫卡发了几句牢骚:

"犹太人不喜欢一个人祈祷。他怕单独和上帝在一起。"

扬凯尔走得很快,因为他迟到了。每星期五晚上,他都冒险一直走到维尔诺市郊昂托科尔,在旧火药库的废墟中钻来钻去。火药库是躲在森林中的犹太人的临时教堂和聚会地点。一九四一年,俄国部队撤退时把它炸毁,但好几条地道差不多完好无损。找到地道口很难,除去逃过大屠杀厄运的信徒,从来无人到那儿去。信徒人数不多,他们的口号是:谨慎。二流子希迈斯先在废墟间穿行,察看四周——一般只有饥饿的蝙蝠光顾此地——然后吹一声尖厉的口哨。于是信徒们一个接一个钻进火药库,默不作声,惶惶不安……扬凯尔到得稍晚一点。在地道里,希迈斯得意地安了一盏防风灯,是他头天从维尔诺主车站偷来的。已经来了十多个人,他们身材瘦削,有些神经质,动作急促,一双长手颇具悲剧意味。聂米耶茨卡街的老帽商西奥玛·卡波吕兹尼克充当颂歌歌手。帽子压在眼睛上,他捶打着胸脯,身体晃来晃去,嘴唇蠕动着,不时提高嗓门唱出一句哀怨的长句,接着又压低声音,只有嘴唇继续无声地蠕动……他从不看摆在他面前的祈祷书,布满惊恐的眼睛偷偷地四下张望,目光落在信徒们的脸上,各个阴暗的角落,石砌的墙上。稍有响动,他便惊得一跳,接着人僵在那里,侧耳倾听;发白的嘴唇继续低声细语,一度举在半空的拳头用机器人一般的动作捶打着扁平的胸部。犹太人在祈祷:持久悠长的窃窃私语,声调平平;陡然间,从一个胸口迸发出一声长长的呜咽,半说半唱的一声长长的哀叹,仿佛绝望地提出一个注定永无答案的问题。于是其他信徒提高嗓门,齐声提出这个悲剧性的问题,发出响亮的呜咽;然后,声音低下来,又变成窃窃私语。

"我的主啊①!"西奥玛呜咽道,"以色列,我的主②……谁,谁留在外面望风?"

"希迈斯,"一名信徒急忙说,两眼盯住祈祷书,一面拍打着胸脯,"希迈斯留在外面……以色列,我的主,我的神③……"

"保佑保佑我们吧④……"希迈斯的声音虔诚地诵道,"我在这儿,拉比。我想跟大家一样祈祷!"

---

①②③④ 原文为意第绪文。

"请赐给我们力量①!"颂歌歌手摇晃着身子唱着颂歌,"那么,谁,谁留在外面望风呢?"

"请赐给我们力量②!"希迈斯也哀声唱道,没有牵连到自己。

"我的主③!"歌手吼道,吻着祈祷巾的边,猛敲自己的胸脯。"谁也不留在外面望风。请赐给④……我说这样不行,必须有个人到外边去望风!请赐给⑤……"

"这句话你唱了三遍啦,拉比!"小希迈斯无礼地插话。

"我们力量⑥!"西奥玛把诗唱完,"我不需要别人告诉我在做什么!"

"我们来这儿是为了祈祷还是辩论?"一个矮小的红棕色头发的犹太人愤然问道。

"我不需要别人提醒我为什么我们到这儿来!"歌手尖声叫骂。"在我主面前歌唱吧⑦!"

"在我主面前⑧!"

"在我主面前⑨! 歌唱吧,在主面前唱新的赞美歌!卡明斯基,去外面放哨。"

"噢,在我主面前⑩!"卡明斯基一字不差地重复着,一副心醉神迷的样子。

他身材魁梧,蓄着大胡子,原是维尔诺出租马车的车夫。

---

①②③④⑤⑥⑦⑧⑨⑩ 原文为意第绪文。

"在我主面前歌唱吧[1]！"颂歌歌手单调地唱着，"卡明斯基，我讲话了。我说去外面放哨！"

"在……在我主……面前歌唱吧[2]！"

"卡明斯基，我说……"

"别烦我！"巨人突然咆哮道，两眼充血，"谁烦我，我就生气！我一生气……在我主面前歌唱吧[3]！"

"保佑保佑我们吧[4]！"歌手快速唱着，"等我们全被巡逻队杀害，我会大笑！"

"我的主啊[5]！"

"我会大笑，等我们全被巡逻队杀害，噢，我会大笑不止！以色列，我的主[6]……"

"我会大笑，大笑，等你们……啐！"卡明斯基气愤地吐了口唾沫，"卡波吕兹尼克，你把我弄糊涂了！你不能平心静气地念你的祈祷文吗？不能吗？"

"当杀人犯在周围转来转去，准备屠杀我们，而没有人去外面放哨的时候，我怎能平心静气地念我的祈祷文呢？"

"你到处看见杀人犯！站起来，站起来，在主面前站起来！"

"以色列，我的主[7]……我听到了什么？"

"拉比，你什么也没听见！"

"我听到了什么。以色列，我的主[8]……"

---

[1][2][3][4][5][6][7][8] 原文为意第绪文。

"我的主①……这是什么？别吓唬我,拉比……我妻子怀孕六个月了,惧怕对孕妇可不好。可能会导致早产②。"

"可能会导致……啐！啐！啐！"卡明斯基又一次讲错话,"我快疯啦！可能会导致早产③！"

祈祷完毕,犹太人悄悄在夜色中消失,四散于密林中。扬凯尔在出口赶上卡明斯基。

"什么事？"

"沿维列卡河的乡路每天过卡车,补给孤立的哨所。我看见粮食、弹药、武器……"

"看守严密吗？"

"除司机外,一般有三个人。一个在前面,两个在车里……他们不提防。"

"几点钟？"

"四点钟,卡车经过维列卡河的大河弯,下坡路约有五百米。这是最理想的地点。"

他们分手了。扬凯尔隐没在夜色中。

---

①②③　原文为意第绪文。

## 二十三

"嗯……"

切尔夫用批评的眼光审视他的小队人马。

"出发!"

队伍开拔了。他们鱼贯而行,切尔夫走在前面。他持枪的姿势很怪:背带斜挎在颈项上,枪横在胸前,两只胳膊搁在上面。他头上裹着披巾,从背后看,活像一个抱着婴儿的老太太。克里连柯拖着腿,走得很吃力,疼得脸都变了形……

"风湿病犯了!"他愁眉苦脸地对扬内茨解释说。

马赫卡不在队伍中:皮亚斯基有个女人生孩子,两天来,他围着农舍转悠,口中嘟哝着经文。扬凯尔裤腰上绑了一圈手榴弹。斯坦齐科袖管里藏着一把刀,这是他唯一的武器。兹博洛夫斯基三兄弟装备最精良:每人有一支德国步枪、一把刺刀、一把毛瑟枪和满满的子弹夹。律师没有武器,在扬内茨前面疾步而行,身上那件宽大的毛皮大衣总有一股臊臭味,脸上流露出百无一用的可笑表情。他时不时便停下来,跑向灌木丛,因为肠功能出了毛病。然后他赶上队伍，疲惫不堪，结结巴巴地道歉。

就这样他走了一半的路，终于落在了后面，气力耗尽，在荆棘丛中呻吟。扬内茨走在队伍最后。他们提前抵达维列卡河的拐弯处，部署在公路两侧。兹博洛夫斯基家的老大和老二在山脊的顶端各就各位，恰好在卡车司机即将变速下山处的前边。太阳在维列卡河对岸落山了，雪又硬又光滑，在短暂的阳光照耀下融化结成大块。他们躺在地上等了约莫半小时。克里连柯觉得五脏六腑都要冻僵了，不耐烦地站了起来，还说了句粗话。

"卧倒！"切尔夫命令道。

克里连柯抗议说：

"你想把我冻成……"

切尔夫眨了眨眼。

"他侮辱我！"老人愤然道。

"我不是故意的。"切尔夫说，"这是神经性的。闭嘴吧！"

他们听见了卡车的行驶声，司机的换挡声。卡车在拐弯处出现了，开始费力地往上爬，它肯定负载很重。扬内茨看见司机面色苍白，神情呆滞，想必被寒冷和轰鸣声搞得很累。他身边有另一名德国兵在发呆。这是一辆三吨重的卡车，遮着篷布。车内有条嗓子唱了起来：

我曾经有位战友[1]……

---

[1] 原文为德文。

接下来是齐声合唱:

> 我曾经有位战友
> 如此好人绝无仅有①……

切尔夫躬着背,紧贴在雪地上。克里连柯悄悄说:"要是兹博洛夫斯基两兄弟进攻,咱们就完了。"

卡车驶到山顶:这时他们看到车内面对面坐着两排德国兵,步枪夹在两腿间。

> 我曾经有②……

卡车吱嘎吱嘎地朝前开,消失在山的另一边。兹博洛夫斯基两兄弟穿过公路与他们会合。

"你们做得对。"切尔夫说,"咱们明天再下手。"

次日,切尔夫叫住扬内茨,把他安置在山坡脚下。

"你会吹口哨吗?"

"会。"

"卡车将在这儿开始拐弯。它驶过后,你往车内瞧。如果不到六个人,你就吹口哨。懂吗?"

"懂了。"

"再说一遍。"

扬内茨重复了一遍,切尔夫走了,扬内茨潜伏在灌木丛里。太阳又落山了。扬内茨听见了卡车声。开车的是同一名司机,在他身边睡觉的是同一名士兵。卡

---

①② 原文为德文。

车拐了弯,开始爬坡。扬内茨拨开灌木朝外望。车里只有一个人,坐在一只货箱上,好像在打盹儿。扬内茨盯着他看了一秒钟,又看了一秒钟。他是老奥古斯图斯·施罗德。卡车费力地爬着。"车内只有一个人。"扬内茨想。应该吹口哨。他把两根手指放进嘴里。在卡车后部,那个德国人高大瘦削的身躯在货箱上摇晃着,下巴和胸部互相磕碰,双臂交叉着。只有一个人……口哨声响起,尖厉,短促。卡车刚刚抵达山脊顶端。扬内茨见两个黑影从公路两侧一跃而起,在红色的天空中显现出来。响起两声枪响,卡车几乎立即停了下来。他见奥古斯图斯·施罗德跳下卡车,四处乱跑,晃着风车布翼似的长胳膊。这时扬内茨离开灌木丛,朝他跑去,一边吼叫着:

"别开枪!"

他听见第三声枪响。等他跑到卡车旁,奥古斯图斯靠着一个轮胎坐在地上,双手捧着肚子。谁也不注意他。游击队员们正贪婪地视察一个个货箱,里面装着武器、子弹、炸药……老人瘦削的脸上流露出惊愕的表情,孩童般吃惊的表情。他好像不觉得疼,只显得惊讶。扬内茨朝他俯下身,听到他用德语说:

"发生了什么事?发生了什么事①?"

他忽然认出了扬内茨,冲他笑了一下。他用波兰语

---

① 原文为德文。

对他说,嗓音尚未因疼痛而变调:

"我受伤了。是你开的枪?"

"不是。"

奥古斯图斯·施罗德一本正经地说,仿佛在讲一件极其重要的事:

"我相信你。"

或许想让扬内茨放心,他迅速补充道:

"我不难受。"

克里连柯从卡车里探出头来。

"会难受的,老兄。"他乐呵呵地说,"你放心。腹部的伤从来不立即叫人难受。等着吧,有你受的!"

他做了个快乐的怪相。

"你等着瞧吧!"

"我叫他们不要开枪。"扬内茨喃喃地说。

"我相信你。"

瘦削的脸变得十分苍白。天色暗了下来。乌鸦不再聒噪。切尔夫跳下卡车,卡宾枪挂在胸前。他没朝伤兵看一眼,说:

"要走了。上车吧。咱们把卡车开进林子。"

"我在这儿再待一会儿。"扬内茨说。

"干吗?"

"这……这……"

他想说:这是我朋友。口里却说:

"我认识他。"

老人的脸色更加惨白,嘴唇开始抖动。

"随你吧。"切尔夫说。

他坐到司机的座位上,开动了马达。

"别耽搁太久!"

"不会的。"

卡车在身后留下了一股汽油味。

"相片,"奥古斯图斯说,"在我的上装里……"

扬内茨解开军大衣的纽扣,在口袋里搜寻。他立刻找到了相片。一个身着希特勒制服的小伙子严厉地注视着他。

"给我。"

他把相片放到伤兵手里。奥古斯图斯带着嘲弄的微笑端详着它。

"他将为我感到自豪。或者他耸耸肩膀,说:他不过尽了义务。没别的。"

相片掉在了雪地上。

"别把我留在公路上。要是有农民看见我,会用棍子了结我的性命。"

扬内茨把伤兵拖进灌木丛,扶他靠在一棵橡树的树干上。

"我的那些玩具会想念我的。"

扬内茨在自己的衣兜里摸索……伤兵的脸上有了光彩。他的疼痛仿佛减轻了。扬内茨给玩具上了发条。小人儿动了,微笑着……

"啊,我亲爱的奥古斯丁,一切都完了,完了,完了①……"

小人儿吸鼻烟。

"啊,我亲爱的奥古斯丁,一切都完了②!"

小人儿打喷嚏,心满意足地久久摇着头。

"谢谢。"

扬内茨把玩具放在他手里。时间一小时一小时地逝去。黑夜静悄悄的,风儿吹过,在落尽树叶的森林里没有任何簌簌声。唯有老人在雪地上微弱地呻吟着……当呻吟声终止,扬内茨把遗体安放在公路旁显眼之处,然后返回森林。

---

①② 原文为德文。

# 二十四

袭击卡车三天后,约瑟夫·科涅兹尼先生来拜访切尔夫。小酒馆老板由四名农民陪同,乘一架雪橇前来。他们身着节日盛装,马匹也披红挂彩,但农民们显得十分沮丧。

"小伙子们①,"约瑟夫先生跳下雪橇嚷道,"你们丧失理智了吗?"

游击队员们饶有兴味地等着看好戏。森林里的消遣是少之又少的。

"他们强迫皮亚斯基村交纳十万兹罗提的罚款!本地区的五个村庄:皮亚斯基、维利克兹基、波德沃德齐、克利里和吕巴夫基,一共要交五十万!小伙子们②,瞧瞧我们……"

他做了个手势,把所有的目光都引向他的胸膛。

"我们有往火里扔十万兹罗提的样子吗?理智些,小伙子们③。你们自己不冒任何风险:一出手,卡车就是

---

①②③ 原文为波兰文。

你们的了,你们藏在密林深处。而我们呢,我们始终待在原地。我们的脊背始终准备挨打!可怜可怜我们的妻儿,怎么说呢,我们的孤儿们吧!"

游击队员们中间发出不满的聒噪声:克里连柯渐渐失去了耐性。

"人人有权拿自己的生命冒险,我们全都准备好为自由事业冒生命危险。但是人们没有权利拿别人的生命作代价。这,这不是基督徒的做法。不,绝不是。你们知道德国人在各村张贴了什么告示吗?"

"嗯……"切尔夫说,"我猜测……"

"再在公路上抢劫,五个公民将被吊死!吊死,小伙子们①。高高吊死!"

"嗯……"切尔夫眨着眼睛说,"在本地区稍微找找,准能找到五个值得被吊死的公民!"

"嗯?"约瑟夫先生吃了一惊,"这不是开玩笑的时候,切尔夫。小伙子们②,你们被母亲培养成基督徒,我现在向基督徒呼吁。别搅扰德国人。打击的时刻尚未到来。时候一到,我将第一个出手!"

"这毫无疑问!"切尔夫认真地说。

"可眼下,小伙子们③,你们得躲起来,隐藏好,藏到地底下!不出声,不行动,不叹气。再也不动……等待!我是上岁数的人了,关于入侵的事,我的经验无人可比:

---

①②③　原文为波兰文。

相信我,在我的先人中,被强奸的祖母们比在场的任何人都多!我告诉你们,别行动,别叹气!装死,不动!让我们挽救子女们的生命,捍卫我们的家园、我们的村庄……最后总有人去打他们,那些德国人:到了那一天,他们将看到我不是好惹的!"

最后他话锋一转:

"我带来了粮食……一点心意,一点心意!"

他爬上雪橇。马在雪地里艰难地拉着车。农民们默不作声。来到指挥部前,约瑟夫先生跳下雪橇,把额头上的那绺头发①理顺,往手里吐了口唾沫,捋了捋小胡子,然后走了进去。罗姆阿尔德先生接见了他,表情神秘而兴奋。

"怎么样?"约瑟夫先生低声问道。

"嘘!"罗姆阿尔德手指压在唇上悄悄说,"我对今晚抱有很大希望,约瑟夫先生。"

"真的吗?真的吗?"

"这是毫无疑问的。一帆风顺,一帆风顺!上周您送给我们的几箱鸡蛋十分奏效!"

"您有把握?"

"您可以相信我,约瑟夫先生!我眼力好,嗅觉灵敏!毫无疑问……我们对您很有好感!"

"亲爱的朋友,最亲爱的朋友!"约瑟夫先生说。

---

① 原文为波兰文。

两个人四目相望，久久地握手。

"我从不忘记为您讲好话。"罗姆阿尔德先生说，"不时讲句话……恰到好处的话，因为我们不喜欢别人烦我们。"

"我要给你们送乳酪来！"约瑟夫先生感动地说，"或者你们更喜欢肥肉？"

"肥肉，肥肉！"罗姆阿尔德先生说，"可是，另一方面，眼下乳酪……"

"两个我都送。"约瑟夫先生决定。

他被领进办公室。德国警察正在修指甲，一边用口哨吹着："娇小迷人的女子①……"

"我们情绪极好！"罗姆阿尔德先生悄声说。

德国人抬起头来。

"啊！我的朋友约瑟夫先生！"他乐呵呵地说，"罗姆阿尔德告诉我你邀请我们吃饭。太客气了，太客气了。好人啊，约瑟夫先生。一心要改善当局和老百姓的关系，哈哈！我将尽力而为……今晚我去你家吃晚饭！"

约瑟夫先生出去后，警察眨眨眼睛，弹了几下舌头。罗姆阿尔德先生则爆发出刺耳的笑声，他一整天笑了多次：闭上眼睛，张开鼻孔，晃着脑袋哈哈大笑……晚上，约瑟夫先生按照农民待客的全套礼节接待来访者。警察吃

---

① 原文为德文。

了弗拉妮亚太太用漂亮的双手烹制的兔肉酱,还有生火腿、禽肉、乳酪;喝了大量伏特加酒。然后他喝了茶,佐茶的是一块美味的罂粟点心。餐厅照明很差,桌上只点了两根蜡烛:村里无电,尽管地窖里存着不少煤油,约瑟夫先生是个谨慎的人,不敢露富。罗姆阿尔德先生被安置在桌子一角,他嘴里塞得满满的,一边大嚼,一边翻译。

"弗拉妮亚太太呢?"警察问道。

小酒店老板露出难过的表情。

"我妻子得了支气管炎!"他说,"我给她拔了火罐!"

警察小口小口地喝茶。

"你有孩子吗?"他问。

"没,没有。"约瑟夫先生尴尬地回答。

"是吗,"警察说,"是吗①……"

他点燃一支粗大的雪茄,眯缝起眼睛,和蔼地望着东道主。

"我会考虑能为你做点什么。"他吐着烟圈说。

约瑟夫先生以为他指的是小麦运输问题——那是他在吃饭时巧妙引出的话题,一桩好买卖!——于是连声道谢。

"我乐意做。"警察认真地说。

罗姆阿尔德先生扑哧一声笑了出来,忙用餐巾捂住嘴。警察又给自己倒了一杯伏特加。

---

① 原文为德文。

"我不再是小年轻啦!"他说,"要重新唤起激情,没有比这更好的了。"

他冷笑了一声。罗姆阿尔德先生险些背过气去,约瑟夫先生毫无觉察,出于礼貌也冷笑了一两声。警察干了那杯酒,咬着雪茄笨重地站起来。

"我想向弗拉妮亚太太表示敬意!"他说。

小酒店老板脸色发白。他张开嘴,但什么也没说,就这样张着嘴待着没动。

"走啊。"警察说。

他抓起桌上的一根蜡烛。

"前面指路。"

约瑟夫先生站起来,依然张着嘴,活像出了水的鱼。到了楼梯下,他终于挤出几个字。

"我,我妻子在床上!"他声音嘶哑,结结巴巴地说。

警察在后面推着他。

"走!"

到了卧室门口,老板又停下来。他双膝发抖,朝警察投去乞求的目光。

"打开门!"

约瑟夫先生服从了。在黑暗中,他们听见一声叫喊。警察走进去,举起蜡烛……被惊醒的弗拉妮亚太太望着他们,蓝色的大眼睛里布满恐惧,金黄色的鬈发分成两股垂落在胸前……她把被子一直拉到下巴颏儿。警察厌恶地望着约瑟夫先生。

"没有孩子!"他声音刺耳地说,"我的上帝①!一个这样的女子,却没有孩子。"

他吐掉雪茄,用皮靴踩灭。然后向约瑟夫先生转过身去,伸出胳膊……

"拿着蜡烛!"他命令道。

次日一早,在弗拉妮亚太太的恳求下,约瑟夫先生的马车夫把她送到游击队那里。她面色如土,浑身不住地抖动,把遭遇的事情讲给切尔夫听。

"让我留在这儿吧!"

切尔夫注视着她,眨着眼睛,为自己面部肌肉的抽搐而气恼,因为他真心地同情她。

"你可以跟我们一起待几天。你父母在哪儿?"

"在穆拉维。"

"事情一平息我们就送你去父母家。"

下午,约瑟夫先生可怜巴巴地来找游击队。唇髭和那缕头发②歪斜着,面部肌肉像牙疼似的扭曲着,让人恨不得给他脸上贴块膏药。他不正眼看人,声音微弱地说:

"我要和妻子讲话。"

"滚!"切尔夫只说了一个字。

约瑟夫先生竟出人意料地哭起来。他走了,但第二天,第三天又来了。弗拉妮亚太太已不在森林中:切尔夫

---

① 原文为德文。
② 原文为波兰文。

147

把她送到了穆拉维的父母家。半个月内,约瑟夫先生天天来,每次都要求见妻子,样子难受地听人咒骂,不敢正视任何人的眼睛,然后离开。有一天,克里连柯一句暧昧的玩笑话给了事情一个令人意外的结局。约瑟夫先生来到森林后,按照既定的习惯求见妻子。克里连柯久久地望着他,啐了口唾沫,然后说:

"恭喜你,店主。我有个好消息告诉你。你要当父亲啦!"

当时在场的游击队员,虽亲眼见过一些人几个小时地忍受着痛苦和临终的折磨,仍众口一词,说"他们从未见过一个人的脸色如此难看"。约瑟夫先生没有讲话,整个脸塌陷下去,失去了血色,两眼流露出人在受苦受难时的神情。"他几乎有了人的模样。"后来克里连柯说,他对自己开玩笑造成的后果颇感惭愧。约瑟夫先生转身走了,但没有走多远。他径直来到第一株比较孤立的歪脖树前,解下裤子的背带,在一根十分结实的树枝上上了吊。游击队员们觉得这个举动有几分豪气,毕竟约瑟夫先生的心不像他们所想的完全是肥肉做的。因此,他们给他下了葬,并按照基督教的规定,在他的坟头竖起一个十字架。

# 二十五

被劫获的卡车给他们带来了灾难。切尔夫决定把它隐蔽在维尔基一座废弃的锯木厂里直至来年春天。克里连柯激烈地反对这样做。

"这卡车,它对我们毫无用处!"他肯定地说,"我决定将它烧毁……正好有足够的汽油烧一把旺火!"

他带着挑衅的神色望着切尔夫。然而,一天早上,切尔夫爬上卡车,坐在方向盘前。

"这儿听谁指挥?"克里连柯气愤地说,"我说过,烧毁这辆卡车。"

"没有人,"切尔夫说,"没有人在这儿指挥。"

他发动了马达。

"该死的!"克里连柯骂道,"我说过……"

卡车开动了,乌克兰人刚刚来得及跳上踏板。卡车在绵软的雪地上,缓缓地穿行于松树之间。一群乌鸦呱呱叫着跟着它,或许希望这个怪物在身后留下丰盛的食物。克里连柯一肚子的气,切尔夫望着他,眨了眨眼。

"你嘲笑我?"老人吼道。

"没有。"切尔夫诚心诚意地说,"你清楚这是神经性的……面部肌肉的抽搐。"

乌鸦呱呱地叫,它们肯定大失所望,沿着白雪压枝的枞树林飞着。突然,一声枪响。挡风玻璃碎片四溅。

"突袭!"克里连柯吼道。

卡车突然偏离方向,撞上一棵树停了下来。

"切尔夫!"

切尔夫倒在方向盘上。

"切尔夫!"

克里连柯扶起他,摇晃着他。切尔夫咬紧牙关。他还活着,试图讲话。

"咝……咝……"他发出嘶哑的喘气声。

鲜血从他嘴里流出来,脸色变得灰白。猛然间,他坐直身子,微微笑着,眨了一下眼睛。

"切尔夫,该死的!你假装是不是?你耍我,啊?你没事吧?说呀,切尔夫。"

"没……没事!"切尔夫大口喘着气,"我告……告诉你,这是神经性的!"

他重重地倒在方向盘上。克里连柯扶起他的头:他的一只眼睁得很大,另一只闭上了。

"切尔夫!"

切尔夫已经死了。他当胸挨了一颗子弹。克里连柯跳出卡车。

"喂!"他吼叫道,"你们还等什么?"

他悲壮地挺起胸膛。

"开枪,开枪呀!"

三个人聚到卡车旁,呆呆地望着他。克里连柯立即认出了他们:这是邻近森林里的游击队员,三个孤军奋战的人。他们灰溜溜地听着乌克兰人的叫骂。

"我们远远看见卡车上的德国标记……哪里知道,唉……我们只来得及瞄准和开枪……去他妈的①!"

不知道这是骂谁:骂切尔夫,骂卡车,骂背运,还是骂世人。

"哪里知道……真不走运……去他妈的②!"

他们找不出别的话说,只在那儿啐唾沫,低声咒骂,带着有罪的神情摇着头。

"帮我推卡车!"克里连柯难过得无法作出反应,只提出这个要求。

他们给他帮忙,把切尔夫的遗体安放在卡车里。

"瞧,"他们中的一个指出,"他好像在眨眼睛……"

克里连柯伤心地说:

"这是神经性的……"

他开动了卡车。三个人目送他走远。

"不记仇,嗯?"他们喊道。

---

①② 原文为波兰文。

克里连柯从牙缝里咒骂着,大滴的泪水顺着胡子往下流。他不时朝朋友的遗体望一眼,像可怜的孩子似的号啕大哭。

# 二十六

要不要把噩耗告诉维尔诺的老鞋匠呢？扬内茨琢磨了好几天，最后克里连柯为他作出了决定。

"去吧。"他简短地对他说，没有讲明去哪儿，去做什么。

但扬内茨心领神会。他往上装里塞了几个路上吃的马铃薯然后出发了。他冒着暴风雪抵达维尔诺：白色的雪花粘在他的眼睛上，风刮得他上气不接下气。他走到鞋铺，推开了门……老鞋匠和以往一样，正在干活。他抬头瞥了扬内茨一眼。

"他们抓住他了？"突然他用嘶哑的嗓音问道。

"您的儿子，他，他死了。"

"我宁愿如此。"老人说。

他抓起缝鞋针。

"我早料到了。每天，每夜，我做好了准备。不可能有别的下场。每次你来……人生在世，只能这样了结。凡事都不可能有别的结局。所以我们在这儿，为了受苦。"

他低下头，又干起活来。扬内茨手拿帽子等了一会儿。但老人不和他讲话，继续低着头修理一只旧皮鞋……扬内茨走了。但是街上风雪太大。他决定等一会儿再回林子。他走到一个能通过马车的大门洞里蹲下来，从上装里掏出一个个冰凉的马铃薯，连皮吃起来，后悔没带点盐在身上。突然，他觉得有人盯着他看。他继续吃，没有回头——万一是德国警察呢？——他斜着眼朝周遭看了一下，发现一个披着麻袋的约莫十二岁的男孩。麻袋有个口套脑袋，另有两个口套胳臂。脚上没有鞋，用几块抹布裹着，抹布长短不一，已不成形。头上的鸭舌帽太大，不过状况尚好。他帽舌朝后戴着，为脖颈挡雪。小男孩不看扬内茨。很明显扬内茨对他来说并不存在。他看的是马铃薯。眼睛盯住不放，着了迷似的。每当扬内茨从上装里掏出一个马铃薯，男孩便两眼放光，视线随着马铃薯移向嘴巴；每当扬内茨咬一口，他的目光就变得极其焦灼，而当扬内茨吞下最后一口时，这种焦灼就化为绝望。他神经质地动来动去，咽着口水，带着思索的神情望着扬内茨的上装。还有没有马铃薯了？显然这正是问题所在。扬内茨不动声色，继续津津有味地吃着。小男孩没有离开，目光被马铃薯吸引着。他不时叹口气，咽下口水。然后，突然间，他望了扬内茨一眼，似乎第一次从人的角度考虑这个问题。他思索了一秒钟，接着摘下他那顶大鸭舌帽，检查了一番，赞赏地吐口唾

沫,说:

"一顶多好的帽子!他妈的①!簇新的。"

扬内茨没有回头,继续啃着马铃薯。

"是我从一个行人那儿偷来的。这,这是顶鸭舌帽!"

他见扬内茨在上装里面翻寻。他焦灼地窥伺着——或许土豆一个也不剩了?——见又一个土豆出现在眼前,他舒了口气,语速很快地说:

"十二个土豆换帽子。不能再少!"

扬内茨没有回答。

"六个!"男孩焦虑地提议。

眼见交易不成,他双唇颤抖,面部肌肉开始扭曲,快要哭出来了。

"别哭天抹泪的!"扬内茨说,"永远不该抹眼泪。以前管用,现在不行了。"

他扔了一个土豆给男孩,男孩三口两口把它吃完了。他又扔给他一个。

"你本该拿把刀把我宰了。"扬内茨说,"这才是现在应该做的。那样我的土豆就全是你的了。"

"我没有刀。"男孩说。

"不管怎样,你是斗不过我的。"扬内茨一脸不屑,叫他放心,"我立即感到你在那儿。我能立即感到有人。

---

① 原文为波兰文。

这是在森林里学会的……"

另一个在吃他的土豆,吮着,舔着,小口小口地啃着,然后再把它吃下去,尽量延长吃的时间。他用手指甲剥下皮,等把土豆吃完,再把皮吞下肚。

"你是森林里的?"

扬内茨不说一句话。男孩于是想办法引他注意。他漫不经心地用脚蹭着街面,说:

"我父亲当过小学教师。"

"我父亲原先是医生。"扬内茨说。

"我父亲,"男孩说,"他杀死了一个德国人。"接着他骄傲地说:

"他被吊死了①!"

他充满自信地等待这句话的效果。

"吹牛!"扬内茨平静地说,"只配在教堂门口骗老太太们施舍几个钱……我可不上当!"

男孩指天发誓:

"他被吊死了,他被吊死了。他们把他吊死在大剧院前,暴尸两天。好多人都可以告诉你这件事。你只需问问就行。我领着所有伙伴去看。母亲疯了,被他们关起来。你父亲没被吊死,是不是?"

他自以为占了上风,想加以利用,迅速恳求道:

"再给我一个土豆!"

---

① 原文为波兰文。

"我父亲,"扬内茨高傲地说,"杀死了几百个德国人。他不像你父亲那样,傻得被人吊死……"

他耸了耸肩膀。

"要是杀一个德国人就得被吊死……"

男孩恭敬地望着他。

"他在哪儿,你父亲?"

"在跟德国人打仗。"

"在什么地方?"

"在斯大林格勒。"

"不会吧?"

"没错。"

"他是军官?"

"将军!"

他立刻为自己的谎话感到羞耻。他父亲现在何处?他怎能如此随便地谈起他?他很不自在,掏出最后几个土豆扔给男孩。男孩飞快地接住土豆,放进衣兜里。

"留给我妻子。"他说。

"你有妻子?"

"对,她为我工作。她为好几个人工作:玛尼克·扎戈尔斯基、约齐克·梅卡,自然还有兹比赫·库扎瓦……不过她最喜欢我。"

他神气活现地说:

"这是个好女孩。德国佬送给她罐头,她全拿回家里来。有时他们给她钱,她也拿回来。"

他啐了一口。

"我们活得不错,不抱怨。主要缺烟草。"

"你们人很多?"

"噢!有好几帮哩。我呢,我跟兹比赫·库扎瓦在一起。他是个了不起的家伙①!人人都服从他,他有权占有所有的女孩子。而且干劲十足:昨天他带回来三口袋粮食,是他一个人用半个小时从三个老太太手里抢来的。他差不多和你一样高。他喜欢开玩笑,喜欢花天酒地。有一次,他不知在什么地方遇到一个犹太孩子,一个神童②,你知道,他会拉小提琴。他父母被枪毙了,要不就是被流放了。兹比赫把他领了回来,只要高兴,就叫他拉小提琴,大家跳舞。我呢,我不喜欢这小毛孩,他是个犹太癞子③……"

他啐了一口。

"我不喜欢犹太人。我们留着他,上街乞讨时要他拉琴。再说他挺有趣。那天兹比赫情绪不好,觉得地板很脏,你知道他干了什么?"

"不知道。"

"他抓住神童的脖子,命令他把地板一块块舔干净。也只有兹比赫想得出来。"

"是呀,"扬内茨说,"只有兹比赫!"

---

① ③ 原文为波兰文。
② 原文为德文。

"那孩子名叫莫尼克,可是大家都叫他神童。'喂!神童!去捡柴火!拉小提琴!跳舞,唱歌,在地上爬!'叫他做什么,他就做什么。滑稽透了!"

"是很滑稽。"扬内茨喃喃地说,"能见见他吗?"

"可以,"男孩说,"假如你还有几个土豆……"

"我身上没有了。不过下次我也许能给你们带去一口袋。"

男孩张大了嘴,喉头像打了结。他嗫嚅道:

"一口袋?"

"也许吧,如果我们讲妥。"

"走吧。"男孩说。

他们上了路。

"大家叫我佩斯特卡。"小毛孩边走边说,"你呢?"

"扬·特瓦尔多夫斯基。"

他们沿着波胡兰卡街一直走到扎瓦尔纳街然后朝左拐。

"到了。"佩斯特卡说。

眼前的建筑物原先可能是座工厂。墙面发黑,部分坍塌了,只有烟囱完好无损,竖在院子里。

"从来没人进来过,"佩斯特卡说,"因为很危险。墙可能会倒下来。可是我们不在乎。"

他给扬内茨指路。他们从一个扔满垃圾的破楼梯下到地窖。里面黑洞洞的,塌下来的石头绊人的脚,散发出一股霉味和粪便味。有人拉小提琴,一个颤抖的嗓音带着很浓的犹太口音,在唱一首市井小调。

琴声停止,立即有许多声音要求道:

"再来一个,再来一个!唱《蒂蒂娜》!"

"《蒂蒂娜》!"另一些声音附和着,其中有好几个小女孩的尖嗓子。

琴声又起,一个童声唱起了《蒂蒂娜》。

"兹比赫·库扎瓦心情不错。"佩斯特卡小心翼翼地说。

地窖整整有一半被石头堵死,因为这边的天花板塌了。在另一边生了火,一群男孩、女孩坐在口袋、货箱和烂床绷上。最大的大概不超过十五岁。

"兹比赫·库扎瓦。"佩斯特卡说,神情极为敬重。

一张肺痨病患者的脸,蓬乱的金黄色头发,鼻孔奇怪地张着,好像总吸不到足够的空气。胸部凹陷,窄窄的肩。嘴巴紧闭,眼睛不怀好意地眯缝着。

"再来一个,神童!再唱一遍《蒂蒂娜》!"

一个约莫十二岁的孩子站在人群中间。他长相丑陋:红棕色的头发卷曲着,厚嘴唇,鼻头粗大,没有睫毛,眼皮发红。他紧紧夹住一把小提琴,嘴唇发着抖,在琴声的伴奏下唱起来……

"你会做什么,神童?"一个小姑娘叫道。

"我唱歌,拉小提琴,跳舞,装腔作势!"男孩回答,然后继续唱歌。

佩斯特卡走过来介绍扬内茨。兹比赫·库扎瓦向他投去不安的目光。看得出来,他讨厌并害怕比他壮的小伙子。佩斯特卡跟他咬了几句耳朵。

"你要用你的土豆换什么?"兹比赫问道。

"一会儿再谈。"

"我,我可不在乎。"兹比赫说,"我有足够的东西吃。这是为别人着想。"

他转向神童:

"闭上你的臭嘴,快去烧水。"

孩子立即消失在石头堆后面。

"我可以跟他谈谈吗?"扬内茨问道。

兹比赫·库扎瓦目不转睛地望着他。

"你是为他来的,对吧?"

"对。"

"那好,去谈吧。不用花一个子儿!"

扬内茨找到那孩子,他正俯身在一堆柴火上烧开水,一边默默地流着泪。

"你叫什么名字?"

孩子吓了一跳,把一张惶恐的脸转向扬内茨。

"神童,神童。"他像机器人似的重复着,"我唱歌,拉小提琴,跳舞,装腔作势!别打我!"

"我不打你!再也没人打你,如果你会拉小提琴……"

神童用犹疑的目光看了他一眼。他的小提琴靠在墙上。扬内茨伸出手去……

"别碰它!"孩子吼叫道,"兹比赫·库扎瓦会狠揍你一顿,如果你碰一碰……"

"我不想碰它。但我不怕兹比赫·库扎瓦。"

"不可能。大家都怕他。"

"你究竟会不会拉小提琴?"

孩子专注地望着他。

"你喜欢音乐?"

"非常喜欢。"

"那么你不会打我。喜欢音乐的人不可能打我……你谁也不告诉?"

"好。"

"那你听着……"

他抓起小提琴……站在臭烘烘的地窖中间,身上的衣服又破又脏,父母在聚居区被杀害的犹太孩子为世界和人类恢复名誉,为上帝恢复名誉。他在演奏。那张脸不再丑陋,笨拙的身体不再可笑。在他小小的手里,琴弓变成了魔棍。他抬头昂首,如同一个胜利者,微启的嘴唇露出得意的微笑。他在演奏……世界走出了混沌,呈现出和谐和纯粹的形态。琴声一响,仇恨消亡;奏响第一个和弦,饥饿、蔑视和丑恶落荒而逃,好似黑暗中的幼虫被光线刺瞎并死去。在每个人的心里涌动着爱的暖流。人人伸出了手,每个胸膛充满了兄弟之情……孩子不时停下来,得意地看一眼扬内茨。

"接着拉。"扬内茨喃喃地说。

孩子继续演奏……扬内茨忽然感到害怕,他怕死。德国人的一粒子弹,寒冷,饥饿,于是他消失了,生前未能在人类的圣杯中畅饮美酒。这圣杯是人们不顾上天的愤怒或冷漠,在瘟疫和仇恨、屠杀和蔑视中创造出来的,它由汗水和血泪凝聚而成。人们忍受了身心的巨大痛苦,付出了无与伦比的辛劳。这些人像蚂蚁一样,在几年的悲惨生活中,为今后的数千年创造了美。

"他们打我。"孩子突然辛酸地说,"他们叫我用舌头把地面舔干净……"

"你叫什么?"扬内茨低声问。

"莫尼克·斯特恩。父亲说我会成为大音乐家……像亚沙·海费兹①,或者耶胡迪·梅纽因②。可是我父亲死了,他们又打我。"

"你愿意跟我走吗?"

"去哪儿?"

"森林里。游击队那里。"

"只要离开这儿,我去哪儿都行。但是他们不会放我走的。我是他们的犹太人,他们的出气筒。没有我,他们会互相残杀。"

"走着瞧吧。"扬内茨咬着牙说。

"喂,开水呢?"一个声音叫道,"神童,来擦靴子!"

---

① 海费兹(1899—1987),出生于俄国立陶宛的维尔纽斯,后定居美国,被誉为二十世纪最杰出的小提琴大师。
② 梅纽因(1916—1999),著名的美国小提琴家,犹太人。

是兹比赫·库扎瓦。他眯缝起眼睛望着扬内茨。

"在搞什么鬼?"

"我有一袋土豆。"扬内茨说。

"要两袋。"兹比赫说,"儿子,我瞧见你拉琴了。"

"要么一袋,要么什么也没有。"

两个男孩四目对视……次日,交易在昂托科尔的操场后面进行。兹比赫·库扎瓦按约定时间到达,后面跟着佩斯特卡。小音乐家远远地快步走着。

"到这儿来,神童!"兹比赫喊道。

孩子跑了过来。

"我把他完好无损地连同他的小提琴交出来了!佩斯特卡,你背口袋!"

佩斯特卡摘下帽子,搔搔耳朵。

"全程?"

"那——当——然!"兹比赫吹着口哨,"快点!"

佩斯特卡叹了口气,往手心里吐了口唾沫,把口袋扛到肩上。

"你喜欢森林吗?"扬内茨走在第一片松树林的雪地上,问道。

"我不知道。"莫尼克小心翼翼地说。

他怕招人讨厌。

"别怕。现在没人打你了。你怎么想就怎么说。"

可是莫尼克不喜欢森林。他很快发现大自然可以和人一样残忍。他的种族与土地的联系断得太久,他与寒林的接触过于突然。第一夜,莫尼克便蜷成一团,可怜巴巴,浑身颤抖,啜泣不止。他恐怖地望着自己那双冻僵的手,不再听话的手指。他把手尽量靠近火边,但火不是时时都有的。

"我的手指要完了!"他不停地抱怨。

为了活动双手,他抓起小提琴拉起来。站在雪地里,在星空下一拉几小时。大家睡觉时,他远远走开,于是在远处响起琴声,如泣如诉,久久萦回在松树林中。扬内茨总也听不厌。他任凭孩子在雪地里拉琴拉得精疲力竭,既无情又贪婪,如同一个小偷,急急忙忙把兜塞满,以免来不及……他常常带来热灰或火炭,但不是出于怜悯:他担心第二天神童拉不了琴。游击队员们对莫尼克的接待缺乏热情。克里连柯打量了一下小犹太人,转向扬凯尔,用意第绪语嘲讽地说:

"祝贺你①!"

此后,他说话行事好像莫尼克根本不存在,只注意走路时别踩到他。孩子拉小提琴时,克里连柯一副心不在焉的样子,用手指掏着鼻孔。可是,有天夜里,扬内茨撞见他躲在一棵树后,张大了嘴听小犹太人演奏莫扎特的乐曲。见被人发现,他嘟哝着说:

"我起来小便。啊?"

"我什么也没说。"

---

① 原文为意第绪文。

至于扬凯尔·库基埃,他把莫尼克仔细盘问了一番。叫什么名字?父亲的职业?母亲娘家的姓?祖父是做什么的?他与斯维西亚尼的兽医斯特恩有关系吗?没有?毫无关系?也许是莫洛戴兹诺的书商斯特恩的亲戚,或是维尔诺的皮货商斯特恩的亲戚?这人的皮货店开在聂米耶茨卡街上,在西奥玛·卡波昌兹尼克的店铺和雅科沃·兹贝特维特的店铺之间。不是?和这些斯特恩没有任何姻亲关系?嗯……奇怪。非常奇怪。那么和哪个斯特恩沾亲带故呢?科夫诺的斯特恩?越来越奇怪了。他,扬凯尔,战前多次去过科夫诺,从不知道那儿有姓斯特恩的人。不过,他认识一个希斐布拉特,亚哈·希斐布拉特,一名药剂师。莫尼克认识科夫诺的药剂师亚哈·希斐布拉特吗?根本不认识……嗯……那么德国人为什么杀死他的双亲?没有理由?嗯……这很有可能。如今杀很多人都不需要理由。但是,不管怎样也许有个理由呢?嗯……难说啊!

"让他安静点吧!"马赫卡十分反感,说。

他走近莫尼克,问他道:

"你信上帝吗?"

莫尼克没有吭声,拿起了小提琴。他闭上眼睛,拉了很久。一曲拉完,马赫卡说:

"你是个好孩子。"

莫尼克在森林里待的时间不长。尽管他用破布包手,把手伸向最小的火苗乞讨温暖,但都无济于事,手指迅速坏死。他拉出的琴声不再那样纯净,一个和弦常常在吱嘎吱嘎的杂音中结束。于是他哭了,琴搁在膝头,脸因悲伤变了形,更加丑陋了。

"我失去了手指,"他哽咽道,"我失去了手指……"

临近圣诞节,他着了凉。他久久躺在游击队员的地洞里,蜷成一团,像个瑟瑟发抖的可怜的小动物。他说胡话,用意第绪语结结巴巴地吐出几个奇怪的字眼。只有扬凯尔听得懂,他一本正经地翻译给扬内茨听:

"他呼喊自己的父母。"

要么是:

"他在祈祷。"

一天夜里,当游击队员们早已睡熟时,孩子恢复了神智。他断断续续说了几个字,扬凯尔起来了。

"他要他的小提琴。"

孩子抓住琴。他举起琴弓,但他没有了力气。于是他紧紧夹住小提琴,把它贴在自己的胸口,贴在面颊上,双唇轻触无声的琴弦……就这样,他把小提琴抱在怀里,死了。

十二月,密林里传播着一条消息:维列卡地区的所有"绿"军将在圣诞夜开会。马赫卡手持请柬从一个洞转到另一个洞,用他巨大的手指按着画了个叉的约会地点。风传游击队员纳杰日达将出席会议,并向怀着巨大的勇气和忠诚长期听命于他的人讲话。

他们走出各自的地洞,像影子似的穿过白雪覆盖的静悄悄的密林。天气干冷砭骨,空气凝滞不动;头天还刮的东风,终于在广阔的银白世界里累得停息了,如同其他的入侵者;白雪压枝的枞树间没有一丝风;扬内茨觉得星星从天空掉到每个冰屑里,卧在他的脚边,俯拾即是。

从北方来了一位游击队员奥莱西亚,一名年轻的小学教员,他战果辉煌,用手杀死了二十多个敌人:他不等哨兵叫一声便将他扼死的技术无人与之比肩。还来了名叫比拉克的老头,原先当过波兰波罗的海驻军的随军神甫,当波兰的最后一门炮在其他战线停止轰鸣时,他仍战斗了半个月。此人个头短粗,孔武有力,目光严厉而准确,能在五十米开外把手榴弹扔进一顶帽子里。

从东部来了闻名遐迩的诺贝尔化学奖得主库布莱依;他负责在入侵者的饮用水和食物中下毒,甚至毒化他们呼吸的空气:是他在维尔诺盖世太保参谋部的烟囱里放置了几块氰化物,它们散发出的气味杀死了波兰人的刽子手,参谋长汉斯·塞尔达和他的十二名手下。

从西部来了原摔跤冠军浦西亚塔,波兰著名摔跤手斯特克和皮内茨基的对手,他在角力场上的阴险招数曾招来公众的痛恨。他对不按规矩出拳和阴险抓法的喜好,以及那一整套违禁的花招,使他久负恶名。如今,在完全不同的角力场上,虽然不再是表演,他却在扮演同一个角色时,有超常发挥。

从南方来的是现由克里连柯指挥的切尔夫的支队,

以及朵布兰斯基和米哈依科的支队。当然还有其他知名或尚不知名的游击队的首领和他们手下的老老少少,他们是第一次见面。

有些人是滑雪来的,另一些人脚踏球拍状的雪鞋;最后有些人在时时没膝的雪里艰难跋涉而来。他们来自维列卡森林的四面八方,在他们周围,枞树展开银装素裹、繁星闪烁的树枝,在这个静悄悄的圣诞之夜,扬内茨有时觉得整个森林即将捧着各种礼物,向遥远的牲口棚走去。

他们离约会地点近了,一道漫射的微光开始在黑夜中闪烁。扬内茨朝光的方向走了约莫十分钟,琢磨着这颗横在天空、离大地如此近的星是哪颗新星。当他们终于走到林中空地时,他发现这光芒来自一棵枝头插满点燃的蜡烛的枞树;一百来位游击队员在这棵有生命的圣诞树前围成一圈。

空气静谧,没有一丝风、一点动静。微弱的火苗宁静地升向更加璀璨的天空;在寂静中,骤然响起乌鸦的叫声,它们被吵醒了,开始在密林中四处传播人类双手点燃的这个黎明的消息。

扬内茨贪婪地用目光搜寻在场人的脸,冰冷的空气中升起他们的气息;心儿怦怦乱跳,他试图在他们中间认出隐藏在游击队员纳杰日达传奇名字下的那个人,他坚信那个人今夜一定在场。这人的秘密难以识破,他见到的许多面孔都可能是他的英雄的面孔。有可能是比拉克神甫,他五短身材,脚踏雪鞋,腰间系了一圈手榴弹;或者是学者库布莱依，嘴角始终含着浅浅的冷笑，心中永存要压迫者流尽最后一滴血的意愿。或者可能是摔跤手浦西亚塔，他机智灵巧，在两年的游击战中没有损失一个人；抑或是朵布兰斯基，他没戴帽子，身着黑皮大衣，如此年轻，与人们想象中的英雄如此相像。也许英雄是只有一把刀作武器的小学教师奥莱西亚；或者是长着一张蒙古人的脸、头戴尖皮帽的雅勒玛，他滑了两夜雪来赴约，手下人个个像德国兵，因为他们的每件装备都取自一个被杀的敌人。英雄还可能是克里连柯本人，他裹在羊皮大衣里的身体如此庞大，以致手里拿的机枪好似一个小玩具。或许，游击队员纳杰日达既是这些人中的每一个人，又是他们这个群体。他在场是没有疑问的。在人们的目光中，在每张脸上流露出来的执拗的意志和希望中，甚至在扬内茨内心感到的激奋和快乐中，有某种东西使人几乎感知到他的存在，仿佛他站起身自报家门。扬内茨觉得，苍穹之所以如此明亮，天光之所以比他在其他的夜里见到的更加清朗绚丽，那是因为他的传奇英雄光临森林这件事，一直传到遥远的天边并受到欢迎。

比拉克神甫的声音召唤他们祈祷：信徒们围着那棵烛火通明的树跪倒在雪地上，其他人垂下头，以同志们乞灵于另一个无限的同样的热诚，赞颂他们对人的信仰。乌鸦们不再聒噪；森林重归寂静；繁星在雪地和天空闪着同样明亮的光芒；延续千年的低声细语再次走上最古老之路。

祈祷完毕,朵布兰斯基走出队列向他们宣布:

"现在我宣读司令员的一封信。"

大家起立,大学生展开一张纸,读道:

"一九四二年十二月二十四日司令员致维列卡游击队员书。俄国人在伏尔加前线进攻,联军向北非挺进;他们登陆欧洲大陆指日可待。你们的战斗,你们的勇气,你们顽强的抵抗,今天已被全世界知晓;你们的名字进入了传奇;在最黑暗的年代,你们给世界带来最灿烂的光明。我祝愿你们为即将到来的胜利团结友爱,投入更大的力量和勇气;我们需要你们成为胜者而非压迫者,需要你们宽恕而不遗忘。署名者:游击队员纳杰日达。"

# 二十七

一月初,马赫卡进城获取了一项重要情报:一队卡车——大名鼎鼎的专为雪地行驶制造的履带卡车——二十四小时前停在昂托科尔森林墓地近旁。车队守卫严密,马赫卡数了一下:一辆车配备一个哨兵和两挺机枪。兹博洛夫斯基三兄弟嗅出要有大行动,像受苦的灵魂在天堂周围转悠似的,整夜围着卡车转来转去。但他们了解的情况少得可怜:昂托科尔的人一无所知,只知道他们不准接近卡车。三兄弟从观察中得出的唯一结论,是车上装载了炸药或汽油,因为士兵从不在卡车旁抽烟,只在公路另一侧掏出烟草。兹博洛夫斯基家的长兄没有睡觉,动了一夜脑筋,次日一早来找佐西娅。小姑娘是来给游击队员洗衣服的。

"佐思卡……"

"什么事?"

除了扬内茨,她总用挑衅的、咄咄逼人的语气跟男人讲话。

"我需要你。"

她望了他一眼。

"不,"她说,"不行……现在不干了。"

"听我说,佐哈,这很重要。"

"不。现在不干了。我再也不干了。"

长兄抓住她的胳膊。

"这是最后一次。我向你发誓,佐思卡,这是最后一次。你不是一直干到现在嘛。"

"当时我不知道自己在干什么,没有任何感觉。我无所谓,没有献出自己的任何东西。现在……"

她冷冷地注视着他的眼睛。

"现在我有了感觉。除了扬内茨,我不跟别人干。不!不!"

"佐哈,除了他,你和别人也不会有任何感觉……"

她摇摇头。她俯下身洗衣,两手浸在热水里直至肘部。长兄想说:"他绝不会知道的。"但他忍住了。他清楚所有的理由都不恰当,所有的道理都是歪理,无法辩白。但他心里直冒火。他怒火填膺,十二万分地瞧不起那些除了斗争还看重其他事情的人。他带着怒气嘟哝:

"这些卡车也许装满炸药。成吨成吨的炸药……明天,后天,它们将开赴前线,去斯大林格勒,那……"

他寻找着字眼。

"那就太晚了!"

他感到一只手搭在他的肩头。佐西娅用她小姑娘的嗓音柔声说:

"我去。我愿意去。住嘴,卡齐克,我愿意去。"

她哭了起来。兹博洛夫斯基家的长兄转过身溜了。他扑倒在他的破床上,用手捂着脸,咬紧牙关。因羞耻而发烫的血,在太阳穴下突突直跳。他的一个兄弟正在旁边的床上擦拭枪支。

"怎么啦,卡齐克?"

"闭嘴。没事。"

"牙疼吗?"

"别讲话,狗娘……"

他突然把一张惨白而扭曲的脸转向兄弟:

"我要揍你一顿。住嘴。闭上你那张臭嘴……"

他兄弟等了片刻,然后问道:

"你还是把她派去了?"

"我是条狗。你听见了吗,斯泰斐克?一条狗,一条癞皮狗,这就是我……"

"别烦恼了。多一条少一条癞皮狗,在这世上有什么关系?"

佐西娅走了两个多钟头。在公路中间,她活像雪地上的一只小黑蚂蚁。远远地,她瞥见一个哨兵。他把枪夹在两膝间,用胳膊捶着胸脯取暖。佐西娅也看见离公路五十米远处有辆卡车,车前有一挺机枪和两个头戴羊毛风雪帽的士兵。哨兵停止捶胸,抓起步枪。

"这里禁止通行。向后转!"

他试着用波兰语让她听懂。

"禁止……走开,走开①!"

"别费力气了,亲爱的②。"佐西娅说,"我讲德语。"她讨好地笑了笑。

"我跟德国兵一起混了三年了,所以……我可学了不少东西!"

士兵笑起来。他朝卡车转过身去,喊道:"喂,我找到一个小丫头替我们暖身子。"

另一个哨兵走过来。他上了岁数,面色阴沉,鼻子冻得脱了皮。他从头到脚打量了佐西娅一眼,接着啐了一口:

"这儿的女人都患梅毒。"

"她好像很健康,"第一个士兵指出,"而且非常年轻。"

"这个嘛,这说明不了什么。在比利时,我被一个十五岁的婊子传染了,而一个不到十四岁的娼妓,那天把科吕茨克送进了医院。你有通行证吗?"

"有。"

"拿出来瞧瞧!"

佐西娅从兜里掏出证件。

"好像符合手续。"第一个士兵看也没看就说。

"对。"年长者说,"我,我疑心重。在这个讨厌的

---

① 原文为波兰文。
② 原文为德文。

国家。"

他啐了一口。

"嗨！不管怎么说，咱不在乎。如果染上病，就会被送到后方。这正合我意。我可不想去那个地方。"

"难道我想去？干一次①你要多少钱？"

"我不要钱。什么东西也买不到。可是如果你们有罐头……"

年轻士兵笑起来。

"这女孩不傻。这样的姑娘到哪儿都有办法！"

"我们俩给你一个罐头。"

"太少了。"

"我们去问问同伴愿不愿意，告诉他们价钱：一人一个罐头。"

"行。"

"最好问问中士愿不愿意参加。"年长者说，"他挺喜欢这个，再说，有了他，就有了保护伞。"

"我，我可不愿意排在中士后面。那没把握。在比利时……"

"你排在前头。"

他朝佐西娅转过身去。

"到那边的灌木丛里等着。再过一小时换岗。我们来找你。然后去几辆卡车之间，那儿风小些。"

---

① 原文为德文。

"好。"

她等着。坐在一个树桩上等。她想起兹博洛夫斯基家老大对她说的话:"这是最后一次。"可是她不信。受苦是没有"最后一次"的,希望不过是上帝鼓励人们承受新的痛苦所玩的花招。她等着。时间过得很慢,空气似冰一般又硬又冷,乌鸦呱呱叫着,天色灰白。她不明白,她渴望的不过是爱一个人,吃饱和穿暖,为什么宁静地爱,不冻死饿死就这样难呢?她想,得到这个问题的答案,比同龄女孩在学校学到的一切更重要,比知道地球是圆的,地球在转动更重要。她等着。她望着树木,羡慕坚硬的树皮;她想起母亲,发觉已忘记了母亲的模样;她想到扬内茨,他的声音在她耳际回响:"在斯大林格勒,人们为从此不再有战争而打仗。"但她知道这不是真的,人们打仗绝不是为了一个理念,而不过是为了反对其他人;士兵的力量不是气愤,而是冷漠;文明的遗迹,无论现在和将来,永远是一片废墟……

"她在这儿!"一个声音说。

士兵们好奇地打量着她。

"我第一个!"

"有梅毒吗?希望她患了梅毒!我的弗丽达宁可知道我带着梅毒活着,也不愿意我戴着铁十字章死掉!"

"她长得不错。"

"这个我不在乎。"

"让我过去。这是我的罐头,头等肉做的!说话算数！"

"我,我给两罐,干两次。"

"别不自量力。"

"上哪儿去干这事不受打扰？"

"在卡车之间。"

"地上有雪。"

"那么等春天？"

"喂,是斗嘴还是做爱？"

"跟我来。"第一个士兵说。

她跟着他走。卡车像畜群似的一辆紧挨一辆。士兵脱下厚大衣铺在雪地上。

"来吧。我喜欢你,你知道。"

"是吗？"

"是。"

"那你愿意我再来吗？"

"愿意。明天来吧。再晚我们就走了。"

"后天我可以来。"

"后天我们离开。"

"我可以上午来。"

"我们天一亮就走。"

"可怜的宝贝儿①,可怜的宝贝儿②……"

她闭上眼睛,把头朝后仰。"但愿我什么也感觉不

---

①② 原文为德文。

到,但愿我什么也感觉不到……"她感到脊背下冰冷的土地,她感到没有爱的人在抚爱时有仇似的弄伤她的指甲和拳头。她听见乌鸦的叫声,人们低声的谩骂,吹拂的风。她不说话,也不哭。好像在挨饿,好像在挨冻,好像在打仗。

她问他:

"有很多人在等吗?"

"四个家伙。"

"给我一支烟。"

"你疯了,不准抽烟。"

"为什么?"

"卡车里塞满了炸药。这是个新玩意儿,做火箭炮用的。为了打斯大林格勒,你明白吗……只要一点火星就全炸了。"

"不会吧?"

"错不了……我们开这些卡车,吓得半死不活!万一相撞,你都来不及眨眼……"

"是吗?"

"错不了……我们不敢急刹车!"

有个士兵没有碰她。他恳求道:

"对我的伙伴什么也别说。"

"我什么都不说。"

"谢谢……我太难为情了……"

另一个一再对她说:

"给我讲几句好听的话,摸摸我的头发……"

她突然感到脖子上有几滴泪水。她厌恶地用手擦掉。

"给我讲几句温柔的话……"

她交叉起双臂,把手贴在雪上,感觉寒雪的纯净。然后她问道:

"很危险吗,这些炸药?"

"可不!这是件该死的活儿。"

"万一相撞……"

"大家全得炸死!"

最后一个是位上岁数的人,下巴颤抖,动作很急。

"我有个小姑娘。"他结结巴巴地说,"我抓到一个小姑娘。一个非常年轻的小姑娘。我……"

"告诉我,卢卡斯,这是为今天还是为复活节?"

"让我安静些。"

晚上她回来了。兹博洛夫斯基家的老大躺在破床上,两手捂着脸。

"是我。"

他哆嗦了一下,没有作声。石头间的火快熄灭了,火炭冒着淡淡的烟。

"卡齐克。"

他仍不开口。她望着他纹丝不动的躯体和痉挛的肌肉,伸出手去触他的肩膀。但她感到,稍一触碰,他便不能自制,忍不住哭起来。于是她缩回手,帮助他克制自

己。等到火炭燃尽,他在黑暗中看不见她时,她才说:

"他们后天破晓时出发。"

她听到他在床上动了动。

"是炸药,"她说道,"一种新玩意儿……只要一撞就把一切炸光。他们说是为了打斯大林格勒。"

"你没忘记问……"

"我没忘。有四辆卡车只运送补给。只有这些车带拖车,容易认出来。"

"你对这有把握?"

"有把握。"她抹着眼泪低声说。

# 二十八

次日,律师先生来找兹博洛夫斯基家的长子,胆怯地提出愿意效劳。

"这不是律师应该干的。"

"求求你,兹博洛夫斯基!"

"请律师先生别坚持。"

律师抓住他的手。

"这是我重获尊严的唯一机会,以便无愧于……"

"尊严?无愧于什么?无愧于谁?"

"她。"

卡齐克吃惊地望着他:律师先生的脸消瘦、灰暗,肠胃病搅得他日夜难受。林中的生活把他那件漂亮毛皮大衣的面子撕成碎片。如今他把大衣翻过来穿,毛皮冲外,活像一头有些忧郁、厌倦了总在雪地里闲荡的动物。

"真的,律师先生不是干这行的!"

"我知道。我非常清楚。我也知道我很懦弱。我再也受不了了,兹博洛夫斯基,你明白吗?我肚子太疼,我太饿,太冷了。让我干这件工作吧。"

"回去找你老婆去！"

"我老婆信任我。你是年轻人，兹博洛夫斯基，你不知道爱一个比你小三十岁的女人是怎么回事……她信任我。对于她，我是复仇者，行侠仗义者……一位英雄！"

他忧郁地微微一笑。

"英雄，我……你会说，只需看我一眼……但她那样年轻，那样天真无邪！她嫁给我不是因为爱，而是出于敬重、钦佩。我是成年人，她还是个小大学生，对她而言，唯一重要的是心灵、性格、思想……可怜的孩子！她不知道，原先那个好做梦、理想主义的我，那个准备为世界的自由献身的少年，已悄悄打好行李，像个小偷似的踮着脚走了。而替代他的，早已是一个贪婪、冷漠和懦弱的肥胖的资产者……让我干这件工作吧，兹博洛夫斯基。这是为了她。"

卡齐克注视着这张疲惫的、长着两道丑角眉毛的脸，这件竖着毛、不停抖动的皮大衣。他实在没有办法，微笑了一下。

"等你到了五十岁，"律师先生温和地说，"像我一样爱上一个十分年轻的女子，你也许会明白的。但你不会有这种事。"

他带着几分骄傲，说道：

"不是人人都有这福分！"

"律师先生会开卡车吗？"

"会。"

卡齐克仍在犹豫,但克里连柯使他下了决心。老乌克兰人毫无遮拦地说:

"他毫无用处,多一张嘴吃饭。再说,整天拉稀也会要他的命。选别人,还不如选他!"

律师先生神情专注地听指示,像个用功的学生。他重复了某些细节,表示他听懂了。

"在这儿,我加速。这儿,在我左方,有条小径……卡车在尽头。我再加速,朝卡车直冲过去。好。我避开带拖车的卡车,我对它们没兴趣。他们开枪……我听任他们开枪;太晚了。好。好。这时,对不对?我拉手榴弹的栓……好!我全明白了。你们可以放心。"

"律师先生别忘记固定方向盘。不然的话,万一被一颗子弹击中……"

"可怕,可怕!彻底失败!我明白。我不会忘的。"

游击队员们神情尴尬,避免注视这个活脱脱一条肥落水狗的穿皮毛大衣的人。甚至克里连柯也啐了一口,怀着厌恶说:

"我们好像送一个孩子去屠宰场!"

大家在他肚子周围绑了一圈手榴弹。坐上驾驶座前,他跑到灌木丛里泻肚子。大家把他扶上卡车,悲痛万分地望着他,想对他说些什么,鼓励鼓励他。但是他们找不到字眼。他神情快活,用孩子般的声音冲他们喊道:

"喂,再见了。"

有一两个声音回应他:

"再见。"

他开动马达,探出头飞快地低声对兹博洛夫斯基家的老大说:

"去看看她。告诉她这是为了她。她将为我感到自豪……别忘了!"

"我不会忘的。"

卡车开动了。他们目送它在白色的公路上缓缓远去。马赫卡脱下帽子,嘴唇翕动:他在祈祷。

"人,毕竟是了不起的!"朵布兰斯基说。

律师先生便这样死掉了。游击队员离开他们的地洞,进入密林更深处,爆炸半个月后,仍不敢离开在维列卡结冰的沼泽里的新的藏身处。德国巡逻队走遍树林,但避免深入覆盖白雪的森林。几名人质在昂托科尔被处决,他们的名字传诵一时,后来便被遗忘了。巡逻队在森林各处又乱转了一段时间,但雪厚风硬,白昼短暂,德国人很快把森林留给呼啸的狂风,指望严寒去惩罚恐怖袭击的肇事者。兹博洛夫斯基三兄弟去探听消息,宣布"事情已平息"。德国车队从此避开森林,走更南的平斯克公路。一天晚上,兹博洛夫斯基家老大离开森林去维尔诺。此行很危险,城里四点钟开始宵禁,武装小分队在街头各个角落窥伺迟归者。但是,在维列卡冰冷的沼泽度过的二十七个夜里,卡齐克时常在黑暗中听到律师先生恳求的声音:"告诉她这是为了她……她会非常骄傲!别忘了。"在维尔诺的街道上,雪在巡逻兵沉重的脚步下

罗曼·加里作品

沙沙作响;几束光倏然划破夜色,于是响起开枪似的、带有浓重喉音的命令声;在手电筒的光照下,雪花好似晃了眼的小飞虫,乱舞片刻,接着立即重归于黑夜。卡齐克贴着墙走,一有脚步声便躲进通马车的大门洞。他好不容易才找到那条街,那幢房子。他上了三楼,划着一根火柴,门上写着:斯坦尼斯拉夫·斯塔切维奇律师。他按门铃,听见吉他声,一个男人的嗓子用德语唱着:

娇小迷人的女子
请好好照照镜子①……

他听见一阵急促的脚步声——有人赤脚在房间里跑——门开了。面前是一个身着便服的少妇,金发蓬松,嘴里叼着一支烟。"斯塔切维奇太太不在家,"卡齐克心想,"女仆在作乐!"

"我想和斯塔切维奇太太谈谈。"
"我就是。快点讲,我光着脚。"
男人的声音唱道:

娇小迷人的女子
请好好照照镜子
你一定要爱我呀
这是镜中写的字
小女子②……

————
①② 原文为德文。

接着,那德国人喊道:

"是谁呀,亲爱的①?"

"我不知道。你该来看看,弗里茨……我冷得要命!"

一名德国下级军官来到过道,衣冠不整,衣服没有领子,胳膊下夹着把吉他。卡齐克只来得及悄声说:

"律师先生被杀了。"

少妇目不转睛地看着他,从嘴里拿下烟卷儿,烟从鼻子里呼出。

"是吗?"她柔声说,"什么时候?"

"三周前。"

德国人走了过来,年轻的脸上笑盈盈的,寸头刷子似的,根根头发竖起。

"什么事,亲爱的?"

"没事,"少妇说,"我有双皮鞋要修……晚安,我的朋友!"

门又关上了。

"噢!亲爱的②!"卡齐克听见,"我的小脚冰凉!"

接着,又响起吉他声和德国人的歌声:

  娇小迷人的女子③……

他强制自己,开始下楼梯,两腿软绵绵的。律师先生的声音在他耳边响起:"她那样年轻,那样天真无邪。一

---

①②③ 原文为德文。

个小大学生,对她而言,唯一重要的是性格、思想……心灵!"他抓住栏杆以免跌倒,思忖道:"我的上帝!真的是你在暗中操纵吗?你怎么能,你怎么能?"他觉得天旋地转,一屁股坐在楼梯上,呕吐起来。

# 二十九

暴风雪横扫田野,光秃秃的黑树枝左右扭摆。每天早晨,扬内茨都在地上发现冻死的乌鸦。在森林里,一堆火熄灭意味着一个人死了。游击队员们动作笨拙而粗鲁,扬内茨总觉得他们可怜的四肢即将像生锈的齿轮一样,发出嘎吱嘎吱的响声。

"刚才,"佐西娅说,"我听到离这儿很近的地方有一只狼在嗥。"

朵布兰斯基和扬内茨捧着一大抱枯枝,刚从森林里回来,衣服上、脸上沾满融化的雪。

"不得不嗥啊。"朵布兰斯基说。

他们把指头弯曲的冻僵的手伸到火边烤。

"不过狼有皮毛。"佐西娅说,"在森林里过活它们在行。"

"也许那只狼不过是烦得慌。"朵布兰斯基笑着说,"厌倦生活和人……我的意思是厌倦生活和狼。"

佐西娅依偎在扬内茨怀里。

"狼叫得我难受。我想起你。"

"唯一的区别,"扬内茨说,"是我不嗥叫。"

他叹了口气。

"我倒挺想嗥几声。"

"苦闷?"

"不。但我恨冬季。我恨雪。在这样的天气,真的会相信地球不是为人造的,我们误来到这里。"

"我们来这儿纯属偶然。"朵布兰斯基说,"不管怎样,这一点是肯定的……"

"听。"扬内茨说。

在他们头顶,狂风摇撼着树木。

"森林,"朵布兰斯基说,"在这儿也属偶然。不过,几千年来,它有勇气和耐心。为什么人没有呢?"

"我恨雪。"

"你不公平。"

朵布兰斯基往火里扔了几根细树枝,潮湿的柴火像发怒的猫,咝咝叫着。

"你对我们这位朋友不公平。"

他从上装里掏出一个厚本子。

"不累吗?"

"累。累得睡不着。你读吧。"

"题目叫《瑞雪》。故事发生在……"

"斯大林格勒郊外。"

朵布兰斯基笑了。

"你赢了。"

他开始读：

  他们听见森林里有只狼在嗥。无休无止的哀鸣，在这滴水成冰的夜里尤其叫人受不了。

  "它冷死了。"士兵约德尔想，"跟我们一样……"

  零下四十度。头天晚上，巡逻队在俄国的雪地里迷了路，八个人的血里似乎夹带着冰块。施特拉瑟中士骂了一句，回应狼的哀号。恶臭的气息喷了士兵格吕内瓦尔德一脸，他倒很感激，因为这给他带来一点热气。

  "有狼！"利卜林下士用嘶哑的嗓音不由叫了一声。

  "俄国狼。"士兵格吕内瓦尔德心里想，"俄国的，正如这捆住你四肢的寒冷，这试图掩埋你的白雪，这空旷无边的大地。"

  过去他常常想游览俄国。这是一个舒适而浪漫的国家，成千上万的雪橇响着清脆的铃铛声，在白色的跑道上飞奔。这也是一个饱受折磨的国家，它试图把过剩的活力淹没在无比忧伤的音乐里，其中唯一令人振奋的曲调，是短暂叛逆但旋即忍气吞声的曲调，或者欲望横流却从未得到满足的曲调。在这个国家，幻想是唯一被看重的东西，靠它你可以活下去；伟人以自己梦的大小来衡量高下，现实卑贱而无足轻重，人们冷漠地带着鄙夷容忍它。士兵格吕内瓦尔德了解俄国的底细。沙皇和三套马车,克里姆林宫和《黑眼睛》,普希金,鱼子酱,苏维埃,伏特加……这些字眼总令他浮想联翩,在他心里唤起一种怪异的回声,一个无法克制但隐隐约约的欲望。

"也许我有俄国血统。"他热切地想。

零下四十度。"我来这儿干什么?"士兵韦尼纳心焦地问自己。

他气愤地坐在雪地上,身子挺直,两腿叉开。灰色的唇髭可怜地耷拉着。

"咯咯……"他身边的士兵沃特克打着哆嗦。

"地狱是白色的!"大学生卡明凯尔突然发现。"没有火焰,只有永恒的雪。罪人的灵魂在冰浴中赎罪补过。而魔鬼有一部白胡子,讲俄语,像圣诞老人……"

巡逻队员现在成了一群俘虏,昏头昏脑,蜷缩在抱着敌意的夜里。

"不能走散。"施特拉瑟中士想,"指挥官一定派了滑雪队员来找我们。"

在森林里,那只狼又一次发出哀号,一声短促而凶狠的尖叫。

"这是什么?"二等兵萨茨问道。

说实话,德国军队里从来没人用这个名字称呼他。他的同志,甚至他的长官,干脆叫他"傻子"。有时,一个更宽厚的人说:"那可怜的傻子。"大家立即知道这是指他。

"他是小红帽!"士兵约德尔怒冲冲地说,"他在森林里迷了路,所以哭了。他怕大恶狼。"

施特拉瑟欣然开骂,久久不停。他骂人是假装生气,为了活动活动,激活脉管里的血,摆脱无法逃避的麻木状态。

"不,这是俄罗斯冬季的声音,"士兵格吕内瓦尔德善意地想,"是俄罗斯森林和草原的声音。一个长夜和白昼的声音,白昼短促而苍白,如同两次睡眠间意识的一闪。河流宽阔似海的、一望无垠的大地的声音……"

他们的思想跛足,虚弱,吃力地推进,正如他们本人刚才在齐腰深的雪地里寸步难行。

"我来这儿干吗?"士兵韦尼纳一直在问自己。

这句话不停地在他头脑里转,仿佛一张唱片在出了点毛病的电唱机里疯转。

"我叫韦尼纳,卡尔·韦尼纳。我做杂货生意,铺子在美因河畔法兰克福市加滕韦格街22号。我向来讨厌旅行。我有三个孩子,老大快上学了。请问,我来这儿干吗?"

"咯咯……咯咯……"士兵沃特克在他身旁哆嗦着。

他的目光熄灭了。他不再有什么感觉,早已越过感官所能承受的痛苦的界限。他的神经麻木了,身体如一块木头,即便像剥土豆似的剥他的皮,他也毫无感觉。任何思想都无法在雪中开道进入他的头脑,因为头脑里全是雪。他讲不出雪是如何进来的,但事情明摆着:脑子里有雪,一堆堆的雪。要在从前,他一定会感到惊讶。而如今,他已不会惊讶,也没有任何反应。他的脑子在雪堆下冻住了。只有牙齿仍有生命,在条件反射的作用下动着,不停发出令人生厌的咯咯……咯咯……的声音。

在森林里,狼嗥使夜突然间变得更黑,寒冷变得更刺骨。大学生卡明凯尔搞不清楚,使他心里冰凉的究竟是雪,还是这声绝望的嗥叫,这叫声似乎提前喊出失败的无可置疑,一切努力的徒劳无益,人类希望不可避免的破灭。

"小红帽?"二等兵萨茨心里想。这名字一定叫他想起了什么……什么呢?"这是个孩子!"他忽然想起来了,"一个小姑娘……我听说过……老早啦!她在森林里迷路大概有一段时间了……"

"中士!"他说,"我可以去找她吗?"

"傻子!"施特拉瑟沮丧地悄悄说。

但好兵萨茨不再计较别人的辱骂。他费力地站起来,尽量伸直麻木的四肢,作出标准的立正姿势,说道:

"中士,《征服者课本》提醒我们,一名德国好兵应当关心小孩子,以便赢得被征服国人民的尊重和喜爱！"

"他竟然还有力气讲话！"施特拉瑟中士佩服地想，"他还有力气甩出长句子，而我呢，施特拉瑟中士，铁十字勋章获得者，我想哭天抹泪！也许他将是小组唯一的幸存者？也许明天他将面见司令，立正报告说：'二等兵萨茨。我荣幸地向您汇报，施特拉瑟中士指挥的八人巡逻队迷了路，被冻死了。我是唯一的幸存者。'"

"坐下！"他吼道。

突然响起一阵鼾声，他蓦地转过身来：原来士兵约德尔脸贴着雪地睡着了。

"叫醒他！"

谁也没动。在广阔荒僻的白色世界里，他们只是八个不动的黑点。施特拉瑟开始摇晃士兵约德尔，拍打他的面颊，摩擦他的四肢，与其说是为了使他暖和，不如说是为自己取暖。士兵约德尔终于睁开了迷茫的眼睛。

"一个姑娘！"他结结巴巴地说，"一个漂亮的俄国姑娘！"

在孤独的漫漫长夜，他曾多次下决心，要征服所有的俄国姑娘，与她们做爱。但是，在这个空旷的国度，他还没有遇到一个。而现在，当他终于找到一个身子暖和的、百依百顺的尤物时，施特拉瑟中士却想把她占为己有。

"她是我的!"士兵约德尔大叫。

他挣扎。两个男人在搏斗。他们的动作古怪、缓慢,好似在海底打架。

"我来这儿干吗?"士兵韦尼纳仍在问自己。"我的职业是杂货商。我卖美味食品①、盐、胡椒。我不卖雪!"

"咯咯……咯咯……咯咯……"士兵沃特克冻得上牙打下牙。

士兵格吕内瓦尔德突然不安起来:他感觉不到自己的身体了。他分不清身体和雪地的界限,仿佛他的肉体和雪,这俄罗斯的瑞雪,已凝为一体,融化成一种极冷的杂交物。

"或许我只是小孩子在柏林一所小学的院子里搭的雪人?"

寒冷慢慢偷走他的身体,剩下的仅仅是仍然活着的模糊意识和在脑海中漂浮的一些朦胧的、刚成形的念头:

"到了春天,草木萌动,大地一片新绿。草原……阳光下温暖而舒适。黑土地……沙皇……伏尔加,伏尔加……圣俄罗斯……国际……"

天上缀满星星,但它们是敌视的光,闪亮的冰块。"一会儿你就不再冷了!"在零下四十度的温度

---

① 原文为德文。

下,有个声音在利卜林下士的头脑里喊叫。在他身旁,大学生卡明凯尔感到出奇地惊讶。还有不安,非常不安。刚才眼前还空无一物,现在他瞥见库特勒老师摆出考试之日威风凛凛的样子,端坐在讲台后面。大学生卡明凯尔认为这种做法太可恶。他应征入伍时尚未开始准备中学会考,知识掌握得不多。他觉得库特勒老师跑到俄罗斯的雪地中间来纠缠他实在不人道。

"考生卡明凯尔,"教师说,"我问你地理问题。"他从讲台上方略微俯下身子,用审问的指头指着卡明凯尔。"哎……对俄国你知道什么?"大学生想了想,只想起几个模糊的基本概念。"伏尔加河注入里海。"他嘟嘟哝哝地说,"俄国人口一亿七千万。"片言只语回到他的记忆里,地理教科书上的一些无头无尾的片断。"乌克兰的黑土是世上最肥沃的土壤之一。俄国南起黑海,北至北冰洋……"他突然停下来,脑子里一片空白。库特勒老师用威胁的神情望着他:"考生卡明凯尔,你对俄国就知道这些?"开始下雪了。雪把他们一下子变成幽灵,遮挡住星星。什么也看不见,各种危险似乎离得更近。士兵约德尔注视着俄国姑娘,他那一头白发的漂亮的俄国姑娘。她坐在雪地上,撩起衬衣,正在脱松紧袜带和长袜。她好像不在乎严寒,甩甩白发,继续拉袜子,不知廉耻,欲火中烧。士兵约德尔嘴角含着轻浮的微笑,赶忙来到她身边,迅速脱下靴子,脱下衣服,兴奋得浑身颤抖……

"该死的……婊子……养的!"施特拉瑟喘着气说。

士兵约德尔半裸着躺在雪地上。白色的雪片纷纷扬扬,越下越厚。两个人又开始对打,动作如筋疲力尽的游泳者。施特拉瑟中士突然遭袭。有人从后面给他使绊,用一只铁臂抱住他的腰,使劲压住他的胸口。施特拉瑟中士松开士兵约德尔,听任他跑向自己的命运。他使出超人的力气挣脱拥抱,摇摇晃晃地转过身来。

眼前的景象使他明白了一切。他看见一个巨大的雪人,嘴、鼻、眼全用黑煤球做成。和他从前在玛林街的人行道上堆的一模一样,但大得无边无沿,甚至看不见头尾。施特拉瑟中士,铁十字勋章获得者,没有犹豫。现在他知道是谁使他的巡逻队在黑夜中迷了路。身为一个好德国人,他接受挑战。他捏紧拳头,用日耳曼人的方式嚎叫着猛冲过去。但巨人躲开了。跟一名为长期征战受过严格训练的德国下级军官打斗,他清楚可能有多大危险。他躲开了,利用自己的颜色和材质立即隐身,静静地等待更有利的时机再次进攻。施特拉瑟中士的拳头只遇到了雪。他挥动拳头乱打一气,在雪地里打滚,绝望得发狂,对它百般辱骂。

"不该这样……我没力气了……它正等着打垮我……这就是它的策略。该诅咒的俄国策略!"

飘忽不定、触摸不到的雪花欢快地在宁静的空气中飞舞。狼发出嗥叫。

"不能把小女孩留在那边……"二等兵萨茨想。

他起身开始行走。这对他来说很不容易。一步步朝前迈,他从未如此吃力。

"这比跑着爬上科隆大教堂的钟楼还艰苦。"他惊奇不已,"小红帽……我这就去救她。"

施特拉瑟中士抬起头,忽然在雾中看见二等兵萨茨离他十来米远,正跌跌撞撞地朝森林跑去。

"站住!"他大叫一声。

他想站起来。士兵萨茨尽管呆傻,但毕竟是他小组的成员,而施特拉瑟中士在德国面前要对他的生命负责。他想站起来,正在这时,一个人扑过来,骑到他的背上想制服他。施特拉瑟中士转过身,立即认出那个准备将他埋葬的白色庞然大物……"雪人!"他冲了上去。但懦弱的侵犯者立即没了踪影,藏匿到与生俱来的白色中……

大学生卡明凯尔又一次在记忆中苦苦搜寻。

"这么说,你对俄国就知道这些?"库特勒老师重复了一遍,嘴角挤出一丝挖苦的微笑。

"乌克兰是俄国的谷仓。"大学生支支吾吾,"俄国的煤矿和铁矿蕴藏在乌拉尔山,石油在高加索。

世界最大的工厂位于第聂伯彼得罗夫斯克……克里米亚四季如春……俄国地下的宝藏无与伦比!"

库特勒老师张大嘴笑起来。

"你讲完了,考生卡明凯尔?"

"伏尔加河注入里海。"大学生愚蠢地嗫嚅道。

"好吧,我遗憾地告诉你,考生卡明凯尔,你把主要的忘了。"

大学生用惊恐和祈求的目光望着老师。

"你完全忘记提到雪了,考生卡明凯尔。"

二等兵萨茨到达枞树林。他非常高兴,因为他觉得再也走不动了。两腿绵软,毫无军人气概,离拒绝服从显然不远了。

"向前,齐步走!"士兵萨茨严厉地下达命令。

但是,尽管忠心耿耿地服务了二十五年,他的两条腿顽固得很,近乎侮辱人地保持不动。

"上军事法庭!"士兵萨茨坚决地吼道。

于是,他的特别守纪律,抑或被威胁吓住的右脚慢慢抬起,朝前移了七十五公分,便步走的规定长度。

"好样的,右脚!"士兵萨茨鼓励道,"继续走。你将获得军功章提名。"

他的头脑完全乱了。他站在那儿,无力自卫,好似戳在雪地里的黑色稻草人。他觉得喘不过气,心脏停止跳动,生命不顾军规即将离他而去。生命要开小差，从他的血液里，从他石化的肺部溜走。

"在敌人面前擅离职守！"好兵萨茨试图训斥它，"生命，你做的事非常严重……"

但生命无情地继续逃跑。于是他努力回忆他为何到森林里来。"小红帽……"他使出最后的力气环顾四周，见黑夜里有许多双绿色的眼睛，发出急不可耐的炯炯目光。"好……德国兵……保护……小孩子……以赢得……被征服国人民……的尊敬和爱戴……"绿眼睛们小心地靠近了，但生命，他的德国人的生命开了小差，忘记它身着的军服和二十五年忠诚而光荣的军事传统：它懦弱地擅离职守，把二等兵萨茨冰冷、无感觉的身体独自丢在饥饿的敌人面前。

"是的，"库特勒老师说，"你干脆忘记了雪，考生卡明凯尔。它才是俄国的主要财宝，赋予这个国家特有的民族性格。是它覆盖和保护你没有列举全的其他所有财富，考生卡明凯尔。是它捍卫该国的石油、铁、黄金、煤以及地球上最肥沃的黑土地。是它几个世纪以来击退前来抢夺其财产的征服者，并用白色的臂膀无情地掩埋他们的尸体。你干脆忘记了雪，考生卡明凯尔。"

"我准备这次考试的时间极短，老师！"大学生苦苦哀求。

库特勒先生在他的小本子上涂了几笔。

"我遗憾地通知你,考生卡明凯尔,你没有通过考试。不过我们将给你一个更全面地研究俄国雪的大好机会。最好的教学是实践。我们将派你去征服俄国,考生卡明凯尔!"

"我拒绝!"大学生嚷道,"我拒绝,老师!"

但对大学生卡明凯尔来说,已为时太晚。他被叫到另一个考官面前。此人地位更高,比库特勒更富怜悯心。雪继续覆盖在他一动不动的身体上。成千上万片雪花在他周围快活地旋转,落在他无神的眼睛上、发紫的嘴唇上。要给这场俄国雪花的盛会增添欢乐的气氛,或许只缺少一支悦耳的乐曲,几首茨冈人的合唱……士兵格吕内瓦尔德伸出手想抓住雪花。"一场瑞雪。轻盈旋转的雪花……冬季盛大节日悦目的彩纸屑……美丽的国家,俄罗斯……伏特加……克里姆林……孩子们从山丘顶上驾雪橇飞驶而下……鱼子酱……悦耳的铃铛声……"

零下四十度。士兵约德尔终于完成了满足肉欲的征服。他与他的俄国姑娘做爱,那个不知羞耻的美丽的白发尤物,成百上千万征服者千年不变的诱惑者。他伏卧在地,一丝不挂,在冰冷的拥抱中被紧紧搂住。她把新的征服者抱在怀里,贴紧他发硬的双唇,给了他一个得意扬扬的吻。在旁边,士兵韦尼纳不再向自己提问题,士兵沃特克的牙齿也不再打战。利卜林下士不再觉得冷……这时,施特拉瑟中士决定重整军纪。

"起立!"他大叫,但嘴里发不出任何声音。

他用呆滞的目光举目四望,见身材魁梧的雪人耸立在他面前。这一次施特拉瑟中士没有发起冲锋。身为德国的好军人,他懂得屈从并承认失败。他摘下铁十字勋章,别在巨人胸前,搁在雪地上,说:

"你比我更配戴它。"

正在此时,雪人毫不宽容地朝他猛扑过来。于是施特拉瑟中士的灵魂啪地碰一下脚跟立正,然后迈着正步穿越永恒之地,举起胳臂向德国人的元首致敬,元首大概正不耐烦地在德国佬阵亡将士所去的天堂门口等着他……一丝幸福的微笑闪现在德国好兵格吕内瓦尔德的嘴角。他此刻受到隆重的接待。他乘一艘轻快的小艇,缓缓地沿静静的顿河顺流而下。俄国人民——全体俄罗斯人——卡尔梅克人和吉尔吉斯人,高加索的格鲁吉亚人,查波罗什的哥萨克,乌兹别克强悍的山民,乌克兰人,鞑靼人,西伯利亚的农民,犹太人,库尔德人,二十七个民族的人全来了,热烈地向他欢呼致意。他们手捧纸屑,成千、成百万地朝他抛去,这鼎鼎大名、上了光的白纸屑,漫天飞舞……他们吃下成吨的鱼子酱,为新征服者的健康饮了成桶的伏特加酒,为欢迎他齐声合唱《黑眼睛》。沙皇们,全体沙皇——篡位者鲍里斯·戈都诺夫,伊万雷帝及其特权贵族,彼得大帝以及所有其他沙皇,成群地走出克里姆林宫,在他所经之处笑着欢迎他。从陵墓中脱逃的列宁也在场,还有伟大的全体俄罗斯人,一亿七千万老百姓,人人用手指着德国好兵格吕内瓦尔德——征服者格吕内瓦尔德,出类拔萃的格吕内瓦尔德——他们哈哈大笑,弯腰捧腹地笑个不止,无尽的欢乐使他们直不起腰来。他们朝他眼睛里、嘴巴里、脖子里抛撒漂亮的俄国纸屑,上了光的白色纸屑漫天飞舞,渐渐盖住他的全身,令他喘不过气来。于是狂笑又起,冷酷无情……静静的顿河缓缓流淌……飞雪继续缓缓飘落。在宗教般的无边寂静中,它缓缓完成历史性的工作,仔细掩埋征服者,冷漠而安详,没有激情,也没有毫无用处的匆忙……大片的雪花,轻盈,无情。雪。瑞雪。

# 三十

比拉克神甫在维尔基圣弗朗索瓦小礼拜堂做祷告时被人撞见，当场被枪毙。浦西亚塔小分队在帕布拉德公路与装甲汽车交火，损失了五个人。浦西亚塔本人受了重伤，躺在一间农舍里。库布莱依破坏莫洛杰奇诺铁路时发生了激战，中弹身亡。由于一个农场主的妻子告密，两名无线电报务员被围困在一座谷仓里，森林的所有地下电台都收到了他们最后的电文："祝好运，永别了，又少了俩。"

但游击队员纳杰日达神出鬼没，一直抓不着他。听说他现在把司令部建在了华沙，正准备首都犹太人区的起义。按照叛徒和间谍的报告，他同时出现在各个地点。每天天刚拂晓，一些人带着挑战的微笑面对行刑队，仿佛内心坚信，重要的是他不会出任何事。最天真、最离奇的消息在村子里传开了：

"他见到了罗斯福和丘吉尔，向他们提出了条件。斯大林终于找到了谈话的对手。"

"他有一支秘密军队，一支了不起的队伍。死亡区域:好像离此地十公里。"

"昨天,他到苏哈基的小学对孩子们讲话,娃娃们现在还两眼放光哩。"

有史以来从未有过如此寒冷的冬天。在森林的某些地点,雪的厚度达到四米,"绿林好汉"们不得不弃洞而走。克里连柯、朵布兰斯基和赫罗玛达的小分队,躲到一个掩蔽在冻僵的芦苇丛中的小岛上,在维列卡封冻的沼泽地深处一座猎人小屋里藏身。有一天,那是一九四三年二月三日,佩赫激动万分地跑到他们的避难处来,他们立即抓起武器,以为最后的时刻已经来临。可佩赫只是来看克里连柯,谈他儿子的事的。人们悄悄议论,说克里连柯的儿子是红军的将军,但在老乌克兰人面前绝不能提到他的名字。当有人随口或故意触及这个令人不快的话题时,克里连柯就会沉下脸,嘴里咕噜道:浑蛋①!

"怎么,不会吧?"对方吃惊地说,"萨维埃利·利沃维奇,你儿子是个杰出的人,因为他被人民授予如此高的军衔。"

"浑蛋②!"老人略微提高嗓门重复一遍以示警告,两眼死盯住对方,仿佛要人家分享挨骂的礼遇。

"可为什么呀,萨维埃利·利沃维奇?"

"一个把父亲出卖给敌人的人,不该这么骂他吗?"

---

①② 原文为波兰文。

"可是,他绝没有把你出卖给敌人吧,萨维埃利·利沃维奇?"

"他把我出卖给了敌人,浑蛋①,这错不了!"

"别生气,萨维埃利·利沃维奇。"

"我不生气,但愿他得绝症②!"

"很好,萨维埃利·利沃维奇,既然你这么说……"

"把父亲的村庄交给敌人的人,不该这么骂他吗?"

"也许他只能这样做?"

听到此,老人气得满面通红,把汗毛稠密的拳头伸到对方鼻子底下,竖起的唇髭危险地慢慢抖动着,问道:

"这是什么?"

"这个,这是拳头,萨维埃利·利沃维奇。"

"你会把父亲的村庄拱手让给敌人,而不先为国捐躯吗?"

"不,不会,萨维埃利·利沃维奇,不会……不过……"

"不过什么?"

"没……没什么,萨维埃利·利沃维奇!"

"你不会这样做,啊?"

"不,不会。"

"肯定?"

"肯定。"

---

①② 原文为波兰文。

"你在父亲坟前起誓?"

"我父亲,萨维埃利·利沃维奇,身体很好,谢谢。"

"还是发个誓吧。"

"我发誓!"

"好。你要记住,等你当上将军的时候……"

"我一定记住,萨维埃利·利沃维奇。请问我可以走了吗?"

"未来的事谁能料定?当下任何一个胆小鬼都能当上将军。他们不是打造出一个米特卡将军了吗?"

"米,米,米特卡?"

"就是我儿子,但愿他得绝症!"克里连柯大喊大叫,唇髭立刻竖了起来。"我跟你讲了二十遍了。下次你再忘记……"

但是,经过这样的谈话,一般不会有"下次"了。起初,游击队员们不大相信克里连柯的故事,背后笑他白天说梦话①。可是有一天,老人神情极其厌恶地从兜里掏出一张从《真理报》上剪下来的揉皱的照片,懂俄语的那些两次大战的老兵读出以下副标题:"红军最年轻的将军——德米特里·克里连柯将军"。乌克兰人原是里亚宾尼科沃小村的鞋匠。儿子十二岁那年跟他大吵了一架,说他想"读书成材",然后离家出走。十七年当中,老人没有儿子的任何音信,但德国人入侵后,村里人来告诉

---

① 原文为波兰文。

他，米特卡①升任红军的将军，《真理报》头版还登了他的照片。老人以极其挖苦的语调嘟哝着："读书成材，将——军！"他的朋友，哥萨克鲍戈罗迪查不幸笑了一下，结果被他踢了两脚，笑容立即在可怜人的脸上消失。不仅如此，老人想起革命时期获得过下士军衔，于是参了军。里亚宾尼科沃村里的人收到过他的几封信，说他"身体不错"；他们同时得知克里连柯将军因保卫斯摩棱斯克有功刚刚被授予列宁勋章。父子分别十七年后的第一次见面极富戏剧性。那天，鞋匠儿子坐在当桌子用的一块枞木板前研究地图。"这儿……第20团。里亚宾尼科沃！"直到此时，里亚宾尼科沃对他而言不过是俄国土地上的某个点，和他负责保卫的数百个其他的点没有两样。可是现在……"老人！"他耸耸肩膀。"地面坚实，里亚宾尼科沃。南边有片枞树林……坦克容易通过。第20团没有足够的反坦克火箭。这就是说：应放弃里亚宾尼科沃，朝东撤退。"他拿起一支铅笔，仔细地朝河流方向画了三个箭头，并在里亚宾尼科沃以东二十公里处画了个半圆。

他取纸起草撤退令，突然一个念头闪过脑际，令他真的感到恐惧："老人又要大叫大嚷啦！"他叹了口气，走到副官的办公室，向他的朋友卢金纳上尉下达了撤退命令，又回来坐到枞树板后面。传令兵走进屋，立正行礼。他

---

① 米特卡是德米特里的昵称。

正要开口,这时响起大声讲话和连珠炮似的叫骂声。老克里连柯被举着刺刀、怒气冲冲的哨兵追赶着,倒退着走进屋子。

"父亲!"将军叫道。

但老人不理会儿子,全力对付那个哨兵。

"你没看见军装上的杠杠吗,啊?"他咆哮道。

他把衣袖送到哨兵鼻子底下。

"好闻吗,啊?你永远不会有!"

他擤了一把鼻涕,朝儿子转过身来。小克里连柯镇定下来,一个手势把哨兵和传令兵打发走了。老人两手叉腰,俯下身子,带着怀疑、厌恶的神情从头到脚打量着自己的作品。

"这么说,这是真的,米特卡?他们把你升为将军了?"

米特卡垂下眼睛,犯了错似的保持沉默。

"喂,怎么?"老人突然大叫,"你就这样接待你父亲,狗儿子?屁股不离椅子,还噘着嘴?你没挨够打吧,啊?也许你以为已经太晚了?"

他举起汗毛很密的大拳头,伸到克里连柯将军的鼻子下。

"啊?"

隔壁的门开了,副官卢金纳上尉探进一个受惊的脑袋。

"这是我父亲!"小克里连柯飞快地冲他说,权当解释。

门知趣地关上了。小克里连柯转向父亲，以和解的口吻开始说：

"行了，别这样大喊大叫。你会惊动大家的。当然，我非常高兴见到你……"

鞋匠克里连柯下士舒适地坐在将军办公桌后面的扶手椅里，低声咕哝着。他疑惑不解地望着儿子的胸膛。

"这是什么？"他把手指放在列宁勋章上，厉声问道。

小克里连柯满面羞愧，感到不幸和沮丧。他斜着眼，一脸犯了罪的神气。"倒好像它是我偷来的！"

"这没什么。"他为自己辩白，"是为斯摩棱斯克，你知道，去年夏天……就这么个玩意儿！"

"就这么个玩意儿！"老克里连柯勃然大怒，滑稽地学着他的样子说，"既然你在这儿，干吗不捞个列宁勋章戴戴？啊？无赖①！"

"可是……"

"住嘴！"

多毛的拳头又举到枞木板上方。

"马上给我摘下来。"

小克里连柯迅速取下勋章塞进衣兜里。

"别激动……你这把年纪……"

---

① 原文为拉丁字母拼写的俄文。

211

"我这把年纪,我还上前线战斗,可你呢,才二十九岁,只在后方抄抄写写。啊?"

他厌恶地啐了一口,然后伸出一条腿。

"给我脱靴子!"

小克里连柯走到父亲身边,背过脸去,抓住一只靴子往外拔,另一只则架在他的臀部上。

"我要茶。"老人决定,"叫人拿茶炊来。"

将军唤传令兵。传令兵进来,脚跟一碰行了军礼,张大了嘴,斜眼朝脱了靴子、安坐于将军办公桌后的下士看了一眼。

"端茶来!"

传令兵咔地脚跟一碰,跟跄着走了出去。老克里连柯搓着手,注视着地图。

"里亚宾尼科沃!"他突然发现了这个地名,带着孩子般的快乐,用肮脏的大拇指指着地图。"这个马蹄铁呢,它是什么?"

"它是我们的新阵地。我下令撤离里亚宾尼科沃,布阵于……"

小克里连柯不安地住了口。老人的唇髭一下子竖起来,像风中的林子一样颤动不已。他不怀好意地眯缝起眼睛,鼻孔里发出急促的、狂怒的哧哧声。他慢慢站起来,身子朝前倾……

"怎么?"

"父亲,考虑这些事情不能用过于个人的眼光!"

"你不保卫里亚宾尼科沃了?我们的里亚宾尼科沃?"

"好了,父亲,好了……你理智些。敌人在这儿有个新装备好的装甲团,而我没有反坦克火箭……"

"没有反坦克火箭?没有反坦克火箭?人民给你的,你弄到哪儿去了?拿去吃喝玩乐了①吗?"

"哎,父亲……"

"浑蛋②!"老人突然用尖细的嗓子吼起来,"来呀,同志们!让他贴墙站着!毙了他!等等,等一下!"

他以惊人的敏捷朝儿子冲去,揪住他的耳朵使劲拧……

"啊哟!"克里连柯顾不得羞耻嚷起来,"松开我!"

"他放弃了里亚宾尼科沃!"老人悲叹道,"五十年来,我在那儿生活,干活,流汗……谁都穿过我做的鞋!我们的村庄,不放一枪就交给敌人!斯蒂奥波卡·鲍罗戈迪查会怎么说?还有瓦鲁什金娜?安娜·伊凡诺夫娜?米特卡·克里连柯,我儿子,把自己出生的村庄交给了敌人!"

叫喊声惊动了哨兵,他举着刺刀冲进房间,以为有人要谋害他的将军。他看见一名衣冠不整、赤着脚的老下士,正哭着拧将军的耳朵,而最不可思议的是,将军竟然不设法保护自己。哨兵惊诧莫名,揉揉眼睛,小步跑出房

---

① ② 原文为拉丁字母拼写的俄文。

间,仿佛地狱里的小鬼全紧紧跟在身后……小克里连柯终于抽出被拧痛的耳朵,逃到桌子后面。

"我有命令!"他试图解释,"仗不能想怎么打就怎么打……我告诉你我没有反坦克火箭!"

"反坦克火箭,反坦克火箭!那刺刀呢,是打狗用的?"

"父亲!"

"你得绝症死掉算了!"老克里连柯回答,"把里亚宾尼科沃交给敌人,不放一枪,没有一个士兵在街头战死!"

他突然住了口,站起身来。

"好吧,我,萨维埃利·克里连柯,我要做给你看看,一个公民应该如何打仗!我,我去里亚宾尼科沃!我去保卫它,我,一个人!用我的胸膛!用我的双手!我不需要你……畜生①。"

他卷起袖子,神气活现地朝门口走去。

"父亲,不喝茶了?"米特卡怯生生地问道。

老克里连柯转过身来,平静地朝脚边啐了一口。

"我要往你的茶里吐唾沫!我可不想被毒死!一个把村庄交给敌人的人,完全可能给亲生父亲下毒!"

他走出屋,叫骂声一路远去。房间里只剩下小克里连柯一个人。他掏出手绢,揩干额头上的汗水。"我不

---

① 原文为拉丁字母拼写的俄文。

是做梦吧?"他以犹疑的目光环顾四周,突然跳了起来。一双擦得锃亮、几乎全新的靴子,高傲地摆在屋子中间……"他光着脚走啦!"他抓起皮靴冲出屋,大步流星,在雪地里走了一百来米后招呼一名士兵。

"你没见到一个留着大胡子、光着脚、怒气冲冲的下士吗?"他一口气厉声问道。

可怜的士兵看见克里连柯将军,大名鼎鼎的克里连柯将军,在他面前气喘吁吁,手里拿着一双靴子。他张着嘴,喉咙里发出一声轻微的叫喊……但米特卡已经走了。他手拿靴子,飞快地朝一个沿着封冻的河,在雪地里越走越远的指手画脚的人影跑去……老人抵达里亚宾尼科沃时,正巧在市集广场上碰到从另一边进城的德国人。克里连柯面色发白,朝站在坦克里的德国胖少校望了一会儿,然后走过去:

"以苏维埃社会主义共和国联盟的名义……"

"什么?什么①?"少校问道。

"他向您表示欢迎。"他的副官解释说。

"啊!欢迎,好!好②!"少校十分高兴。

老鞋匠运足气,朝德国人脚边啐了一口。

"以苏维埃社会主义共和国联盟的名义!"他重复了一遍。

---

①② 原文为德文。

"把他带走①!"少校气得脸色发青,咆哮道。

老人受到与他身份相称的礼遇,坐在牲口车里被送往波兰的战俘集中营。在莫洛杰奇诺,他设法逃了出来,走了整整两天,接着失去了知觉。一天早上,兹博洛夫斯基家的小儿子把他唤醒,收留了他并养好他的身体。

当佩赫来到藏身洞时,克里连柯正在捉身上的虱子。

"祝你捉干净!"

"谢谢。"

"萨维埃利·利沃维奇……"佩赫怯生生地开始说。

"啊?"

"没什么。"佩赫叹了口气。

"那就住嘴。"

他坐在一堆劈柴上,继续专心致志地在他的羊皮袄②里搜寻。

"萨维埃利·利沃维奇!"佩赫又开始说。

"啊?"

"你别生气……"

克里连柯从容地把羊皮袄③搁在一边,望着佩赫说:

"听着,小伙子,你有话就说。说完别忘记走。"

佩赫动了动喉结,开始说:

"你儿子,萨维埃利·利沃维奇……"

---

①②③ 原文为德文。

"浑蛋①！"老乌克兰人立刻打断他的话。

但佩赫觉得老人的眼神里露出感兴趣的微光，于是他立即接着说：

"昨天，波列克·兹博洛夫斯基听到来自莫斯科的消息。你儿子，德米特里·克里连柯，因解放斯大林格勒有功，获得了'苏联英雄'的称号。"

老人的脸色变得比他的唇髭还要灰白。

"你别生气！"佩赫飞快地说。

"你肯定吗？"克里连柯问道。

"肯定，萨维埃利·利沃维奇，波列克·兹博洛夫斯基在维尔诺亲耳听到的……"

"他在哪儿？"

"在外边……他不敢来亲口告诉你，但如果你愿意……"

"去把他找来。"

佩赫一溜烟跑走了，又几乎立即跟兹博洛夫斯基家的小儿子一起回来。后者一脸不放心的神色。

"讲吧！"克里连柯吼道，"你还等什么？"

"……苏联英雄！"波列克急忙说，"因为他参加了解放斯大林格勒的战斗。"

"你肯定？"

"肯定，萨维埃利·利沃维奇！他们清清楚楚地讲

---

① 原文为拉丁字母拼写的俄文。

了姓名:德米特里·克里连柯将军。"

"我没问你这个,蠢驴!他们真的说了解放斯大林格勒?他们真的说了解放?"

"解放,萨维埃利·利沃维奇!他们还补充说:德米……"

"浑蛋①!"老克里连柯生硬地打断他,"我对此不感兴趣。"

"怎么,你对此不感兴趣!"佩赫终于愤怒了,"真叫我惊讶,同志!叫我大为惊讶!"

"哎,"克里连柯以鼓励的口吻说,"好呀,朋友,你惊讶去吧!"

他退后一步,歪着头,仿佛要欣赏佩赫大为惊讶的样子。

"得啦,萨维埃利·利沃维奇!"佩赫吼起来,"你儿子毕竟解放了斯大林格勒。"

"不,不。不是我儿子。是人民解放了斯大林格勒。人民,你懂吗?应当感谢人民!我儿子成年累月地退却。他在地图上画箭头和圆圈,除此不干别的。然后,有一天他想:'这个圆圈将是最后一个。'他问人民:'懂吗?'人民回答:'懂。'应当感谢谁呀?在地图上画小记号的人,还是用鲜血浇灌土地的人?啊?"

出现了片刻沉默。接着,佩赫大声叹了口气。

---

① 原文为拉丁字母拼写的俄文。

"算啦,我不是来辩论的,是来向你道贺的。朵布兰斯基同志请你今晚到我们那儿去。要庆祝斯大林格勒的解放。有土豆吃!"

"我来吃。"老人干巴巴地答应。

波列克·兹博洛夫斯基出去时沉着脸说:

"丢脸……有父母真没用:他们就这样感谢你。"

他厌恶地啐了一口。

# 三十一

马铃薯在炭火上烤得胀裂了,发出快活的噼啪声。地洞里很热,大家纷纷脱下羊皮大衣,解开上装的扣子。温暖不仅来自于火,还来自于平民百姓相濡以沫的兄弟情谊——它为不幸者所喜爱,幸福的人却唯恐避之不及。老克里连柯坐在离火最近的地方——他的裤裆危险地冒着烟——用一只好像不怕烫伤的手,在炭火里捡马铃薯。扬内茨蹲在一只茶炊①前,用沸水沏茶。佩赫已把秘方传给了他……佩赫宣布开会。

"请朵布兰斯基同志发言!"他庄严宣布。

大家鼓掌。佩赫认定,和当年开大会一样,这是给听众"鼓劲儿"的大好时机。他举起拳头,深深吸了口气,喊道:

"各国人民团结友爱万岁!解放军万岁!……"

"住嘴,佩赫。"大家亲切地劝他,"坐下。"

朵布兰斯基打开他的本子。

---

① 原文为波兰文。

"我要给你们读一篇故事,写这个故事的念头,是我重读普希金的著名叙事诗时产生的:一只乌鸦朝另一只飞去,一只乌鸦对另一只说①。"

"《鲁斯兰与柳德米拉》,"佩赫明确说,"头两句诗!"

他一跃而起:

"俄罗斯英雄史诗的不朽天才亚历山大·谢尔盖耶维奇·普希金万岁!"他高喊。

"躺下,躺下!"众人恳求道,"佩赫,回你的窝去!"

朵布兰斯基宣布:

"题目:《斯大林格勒郊外》。"

他开始念:

拂晓时分。叫了一夜的青蛙们渐渐停止了聒噪,最后一群蝙蝠乱哄哄地逃走,鹭鸶慢慢钻出芦苇丛,吞下它的第一条鱼。伏尔加河上的两个老伙伴,百岁乌鸦伊利亚·奥西波维奇和阿卡基·阿卡基耶维奇,出现在河的上方。它们在清晨的空气中缓缓盘旋,用关注的目光观察着水面。

"还是什么也没有,阿卡基·阿卡基耶维奇?"

"还是什么也没有,伊利亚·奥西波维奇。你肯定听错了。"

"可是窗子开着,有个声音用德语十分清楚地

---

① 原文为拉丁字母拼写的俄文。

读着《东部军公报》:我们的部队,在我国最杰出的将领之一、荷兰占领者冯·拉维茨男爵将军的指挥下,于昨日抵达伏尔加河某地!"

"挨千刀的!"阿卡基·阿卡基耶维奇骂了一句,"你叫我直流口水!"

两个骑在枯树干上的衣冠不整的家伙,出现在河上。两根树干在漩涡中危险地打着转。

"皮茨!"第一位骑手绝望地大叫,"咱们绝对得靠近河岸!"

"遵命①!"第二位骑手避免动弹,应了一声。

此时漂来前德国兵施万克的尸体,他出生于波罗的海漂亮的滨海小城萨斯尼茨。他心神不定,无精打采,嘴里咬着一根麦草,身子绵软地仰卧于水面,眼神发直,好像定睛仰望天空。但经过的漂流物没有躲过这远离尘世的目光。前士兵施万克吃惊地身子打了个转,抓牢了第一根树干。

"嘿!汉堡的卡尔·罗德!"他用死人的语言朝芦苇丛的方向大叫,"看看我逮住谁了?"

"你让我用什么看?用屁眼吗?"汉堡的前泥瓦匠卡尔·罗德用同样的语言叽里咕噜地抱怨。

他离开芦苇丛,盲目地漂来漂去。

"但愿我能抓住那两只来耍弄我的该死的鸟!"

---

① 原文为德文。

伊利亚·奥西波维奇和阿卡基·阿卡基耶维奇一脸无辜地望着他。

"这边来!"前士兵施万克好心地给他引路。

"是谁呀?"泥瓦匠罗德挺有兴致地问。

"嘿!曼海姆的普林策尔!"施万克叫道,"嘿!吕贝克的卡宁申!到这儿来!猜猜我逮住谁了?"

"我愿意被吊死,"一个全身赤裸、木塞般突然浮出水面的家伙大声说,"我愿意被吊死,如果他不是我国最杰出的将领之一——拉维茨男爵将军。"

"说到被吊死,"芦苇丛中一个爱唠叨的声音说,"我以为,朋友,你应该满足于被淹死!让我靠近些……没有眼镜我什么也看不见!天杀的①!如果不是冯·拉维茨男爵将军本人,我不姓卡宁申!"

"你肯定不姓卡宁申啦!"芦苇丛中一个声音愤然说,"我越瞧你,越肯定连你儿子也不姓这个!我好容易找到一片没有螯虾的软泥地,可是没有办法闭眼……出什么事了?"

一名前德军下士从水中露出大半个身子。

"啊哈!我国最杰出的将领之一!喂!你们,芦苇、沙子、岸上的树枝、河底的暗礁,你们剩下的一切,请走过来!"

"别告诉我他是阿道夫·希特勒,"一个激动而

---

① 原文为德文。

尖细的嗓子叽叽喳喳地说,"我会高兴死的!"

"哈哈!"可敬的全体在场者笑得弯下了腰。"哈哈!"

我国最杰出的将领之一——拉维茨男爵将军,拼命抓住他的枯树干。他被卷进了漩涡。一些前德国兵的躯体围着他打转,被他坐骑的树枝缠住。

"皮茨!"他怒气冲冲地朝副官嚷道,"把这些躯体给我赶走。它们妨碍我前进!"

"遵命①!"皮茨中尉吓得面如土色,喊道。

"阿卡基·阿卡基耶维奇!"乌鸦伊利亚·奥西波维奇郑重其事地说,"你记得我新近去世的父亲在波罗金诺从一名法国将军的身上取来的烟荷包吗?我用你那只精美的银表打赌,那位年轻的中尉不敢潜水。以名誉担保!"

"以名誉担保!"阿卡基·阿卡基耶维奇大大方方地应战。

"好吧,先生们②,"前士兵施万克以最呆滞的目光凝望天空,向可敬的各位在场者说,"我相信这次我们逮住他了。当然全亏了我!"

"好,施万克!"曼海姆的前士兵普林策尔咬着牙说,"我们准备给你买杯伏特加酒喝!"

"哈哈!"听到这句显然十分巧妙的玩笑话,全

---

①② 原文为德文。

场笑得直不起腰。"哈哈!"

"什么事呀?"芦苇丛中一些兴奋的声音问道,前德国大军其他一些前士兵的遗骸从四面八方涌现出来。"**上帝啊**①!冯·拉维茨男爵将军归队了!"

"他还没有彻底归队。"前下士卡宁申话里有话地指出,"嗯!嗯!……诸位,有人反对男爵将军终于成为我们中的一员这一说法吗?"

"没人!没人!"热情的声音从四面八方响起。"正相反,我们很荣幸,非常荣幸!"

男爵将军左踢几脚,右踢几脚,想给自己的坐骑清出一条路来。

"噢……噢!"前士兵施万克假装疼痛地哀号着,"他踢我屁股了!"

"怎么?他怎么敢?这是犯罪!是军规明令禁止的!"

"噢!疼死我啦!"前士兵施万克瞪着玻璃状的眼球,要上天为他做证。

全体在场者笑弯了腰,越来越紧地挤在动不了的树干周围。

"皮茨!"男爵将军吼道,"立刻下来,给我开路离开这儿!"

"**遵命**②!"皮茨中尉尖着嗓子叫道,然后闭着

---

①② 原文为德文。

225

眼下了坐骑。

伊利亚·奥西波维奇满意地点点头。

"我真高兴没有跟你打赌,阿卡基·阿卡基耶维奇。"他说,"不然我会输掉一只漂亮的烟荷包。"

"可是你打了赌,伊利亚·奥西波维奇!"阿卡基·阿卡基耶维奇尽量作出气愤的样子嚷道,"你以名誉担保打了赌!"

"先生们,先生们①!"前士兵施万克大叫,"皮茨中尉归了队。我想请你们当中的两个人小心提防,务必使他的行为具有……嗯!怎么说呢?具有彻底性。你们中间谁资格最老?"

"我,"前士兵卡宁申说,"我到这儿已有三天,比我早来是没有用的!"

"我呢,"前士兵普林策尔说,"我在这儿也有三天了,我身上有二十四只训练有素、只希望派上用场的蚤虾!"

"哈哈!"众人哈哈大笑,"这个老普林策尔,总那个样,永远变不了!"

"很好。"前士兵施万克说,"普林策尔和卡宁申,听我指挥,朝皮茨中尉的方向,齐步走!"

河水打起了漩儿,皮茨中尉突然感到两腿被人

---

① 原文为德文。

抓住，一下子潜入水中，发出最倒人胃口的咕噜、咕噜的声音。

"祝你健康①！"两只乌鸦伊利亚·奥西波维奇和阿卡基·阿卡基耶维奇善意地低声说。

"祝你健康，祝你健康②！"前士兵普林策尔在征服者耳边咬牙切齿地说，"你将看到，先生③，你将看到，芦苇的根一点不难吃！"

"往后退！"男爵将军吼道，"没看见我是谁吗？"

"遵命！遵命④！"全体在场者拥到他身边，快活地大叫。

"我是你们的头头，把你们带到了波兰、法国……"

"还有伏尔加河！"众人齐声高喊，"别忘记伏尔加河，先生！在伏尔加河水中有种东西，当你喝下足量水的时候，它甚至能让一条狗失去对主人的尊敬！"

"德国的僵尸们！"男爵将军觉得身下的树干正往下沉，不由得大叫，"闪开！这是命令！"

"遵命！遵命⑤！"德国的僵尸们喃喃低语，前男爵将军冯·拉维茨慢悠悠地侧身倒下，举起两只胳膊，终于在水下没了踪影。

"你先请。"伊利亚·奥西波维奇缓缓下降，礼

---

①②③④⑤　原文为德文。

貌地低声说。

"这怎么行,伊利亚·奥西波维奇……还是你先请!"

"好吧,那就祝你健康,阿卡基·阿卡基耶维奇,祝你健康……"

"祝你健康……祝你好胃口①!"

朵布兰斯基停下来,喝了几口茶。

"今天的茶不错!"他说,"几乎没有怪味。"

佩赫再次决定给听众"鼓鼓劲儿"。

"波兰爱国战争的民间说书人,我们的亚当·朵布兰斯基同志万岁!"他大喊。

"好!妙!"游击队员们表示赞同。

这时,佩赫以为给自己捞取点个人声望的时机已到。

"佩赫万岁!"他勇气十足地提议。

"呜——呜!打倒佩赫!打倒佩赫!靠边儿歇着!回狗窝去!"

佩赫十分沮丧,把背对着听众,一心一意吃起了马铃薯。朵布兰斯基继续往下念:

> 几分钟后,两个伙伴身子有些沉重地落在它们最喜欢的橡树的枝头。令它们大为吃惊的是,一只脖子长而柔软、嘴巴奇尖、动作不大灵活的瘦乌鸦,正好与它们面对面。

---

① 原文为德文。

"天哪！"伊利亚·奥西波维奇嚷道，"这不是柏林的卡尔·卡洛维奇吗？活生生的肌骨俱全！"

"尤其是骨头！啊！尤其是骨头！"乌鸦带着十足的德国腔调哼哼着。

在沙皇时代，德国乌鸦卡尔·卡洛维奇来到俄国定居，在宫廷谋得显赫的地位。沙皇本人待他很友好，经常久久站在宫殿窗口，一旦发现卡尔·卡洛维奇露出不满意普通牲口粪的神色，便鼓励亲朋好友下到院子里，用美味佳肴款待他的宠鸟。很快众人争相讨好卡尔·卡洛维奇，一些大臣听说宠鸟拒绝享用他们捐助的食物就睡不着觉，因为这是即将失宠的准确无误的征兆。沙皇的确很重视宠鸟的口味和选择，他常说，鸟真幸运，能对身边的人的本质作出判断。

"你在这附近干什么，卡尔·卡洛维奇？"伊利亚·奥西波维奇呱呱叫着，"一定是旅游啰？四处观光游览，真不错！"

"唉！"卡尔·卡洛维奇叹了口气，"上帝为我做证，我宁愿在别的时候参观伏尔加河……这场战争，唉！多大的误会！……噢，就在几天前，我出席了冯·里宾特洛甫男爵①城堡的一个晚会。必须向你

---

① 德国纳粹时期的外交部长（1933—1945），1946年被纽伦堡国际军事法庭判处绞刑。

们说明,好朋友们,我在元首身边的地位,和过去在沙皇身边的地位是一样的。这就是说我四处做客。男爵家大摆筵席,绅士淑女云集,聆听悦耳音乐,品尝法国美酒……可我呢,我视而不见,躲在一个角落里哭,我哭啊,哭啊!突然间,唉!我看见了什么?冯·里宾特洛甫男爵走过来了。

"'你干吗这么哭啊,卡尔,德国的乌鸦?哎!为什么?'

"'唉!约阿西姆,'我说,'我哭。怎么能不哭呢?可怜的俄国,唉!可怜的俄国……'

"'啊!'男爵道,'可……可怜的俄国!'

"这时他也哭了起来……凄惨的景象!难忘的回忆!突然间,我看见了什么?男爵的妻子和女儿走了过来。

"'你们干吗这么哭呀,先生们①?哎!为什么?'

"'唉!波普辛,唉!格雷琴。'男爵道,'我们哭。怎能不哭呢?可……可怜的俄国!'

"'唉!唉!'波普辛叹道。'唉!唉!'格雷琴叹道。她们俩也哭了起来。

"善良的女人,高尚的心灵!这时全体宾客走过来把我们围住,面露惊愕之色。

---

① 原文为德文。

"'哎！你们干吗这么哭呀？哎！为什么？'

"'唉！唉！'我们泪汪汪地回答，'可……可怜的俄国！'

"'唉！可……可怜的俄国！'众宾客说着也掉下泪来。

"啊！凄惨的景象，难忘的回忆！我哭，男爵哭，波普辛哭，格雷琴哭，乐队哭，宾客哭，仆役哭……无人不哭，涕泗横流。

"'唉！'这时男爵在两声抽噎间对我说，'唉！卡尔，德国的乌鸦。你对我们的元首有很大的影响力……去向他解释解释。救救德国……我的意思是救救俄国！'

"我淌着眼泪穿过柏林。凄惨的景象，难忘的回忆！寡妇在哭，母亲在哭，女儿在哭，姐妹、未婚妻和小孤儿在哭；无人不哭，涕泪横流！部队呜咽着呈纵队行进。我来到官殿，通报姓名后，我走进去……啊！凄惨的景象，难忘的回忆！元首坐在俄国地图前……他在哭！一颗颗泪珠有这么大……"

卡尔·卡洛维奇住了嘴，拉下几坨粪。

"真正的元首的眼泪！"

"啊！"伊利亚·奥西波维奇和颜悦色地问道，"如今你怎么在伏尔加河上，远离你的出生地呢？"

"唉！唉！"卡尔·卡洛维奇立即扭动翅膀，大发雷霆，"多么悲惨，回忆多么令人难忘……柏林挨了炸,我挨了炸……元首,元首挨了炸!但我一直待在他门口,身为德国的乌鸦,我对他忠诚到底!突然,我看见了什么?门一下子打开,元首——苍白而坚定——冲出来;在元首后面,戈林冲出来;在戈林后面,戈培尔冲出来;在戈培尔后面,冯·卡曾-雅麦尔将军①冲出来!个个面色苍白,但神情坚定。

"'德国乌鸦卡尔!'他们叫道,'壁炉里有一枚定时炸弹!想点法子!救救元首,卡尔!'

"我,德国乌鸦,我怎么做呢?我单腿跪地,带着哭腔说:

"'啊!为了元首,赴汤蹈火,在所不辞!'

"说完我嗖地跳到窗外。于是,元首嗖地跳到窗外;在元首后面,戈林嗖地跳到窗外;在戈林后面,戈培尔和冯·卡曾-雅麦尔嗖嗖地跳到窗外!个个面色苍白,但神情坚定。我们来到街上。炸弹纷纷落下来,像这样,像这样……"

卡尔·卡洛维奇令人吃惊地连续拉了许多坨粪。

"这时,我,德国乌鸦卡尔,我怎么做?我单腿跪地,带着哭腔说:'为了元首,赴汤蹈火,在所

---

① "卡曾-雅麦尔"此处为音译,原文 Katzen-Jammer 是个口语词,意为"酒后的难受"或"内疚""悔恨"。作者在此用该词生造出一个第三帝国将军的名字,显然是为了挖苦、讽刺那些追随希特勒一起走向自我毁灭的纳粹头目。

不辞!'

"说完我噌噌地跑起来。面色苍白,但神情坚定!

"'好样的,卡尔,高尚的人!'元首说,然后噌噌地跑起来。

"'勇敢的卡尔,愿上帝保佑你!'戈林说,然后噌噌地跑起来。

"'勇敢的卡尔,骄傲的骑士!'戈培尔和冯·卡曾-雅麦尔说,然后噌噌地跑起来。

"个个面色苍白,但神情坚定。元首为了感谢我救了他的命,把我派到了伏尔加河……

"'去吧,'他激动地对我说,'上那儿去吧……你会有很多吃的!'"

枝头上出现了片刻的寂静,接着,阿卡基·阿卡基耶维奇闭上一只眼说:

"你讲得非常好,卡尔·卡洛维奇。现在,你也许口渴了吧?"

"真的,"卡尔·卡洛维奇冒失地说,"一小杯伏特加,总是受欢迎的……喂,你在做什么?"

卡尔·卡洛维奇惊恐地呱呱大叫,试图抽出自己的翅膀,但德国老乌鸦的末日到了。两只俄国乌鸦用爪子紧紧抓住他。他的瘦长脖子和喙——世上最长、最尖利、最贪吃的喙———下子浸入伏尔加河。德国老乌鸦咕噜咕噜地喝了好久,咕噜咕

233

噜……他筋疲力尽,双翅不再扑扇,两只德国爪子不再努力攫取……

"祝你健康①!"伊利亚·奥西波维奇和阿卡基·阿卡基耶维奇虔诚地低声说。

几分钟后,两个伙伴再次在水面上方盘旋,视察芦苇荡和岛屿,岸边茂密的树枝和沙层。他们什么也看不见,于是讯问伏尔加河。

"母亲河,你抓到什么有趣的东西吗?"他们用最巴结的口吻呱呱叫着问道。

大家都知道乌鸦是天生的马屁精,而伏尔加河认识这对难兄难弟已有上百年。但今天她情绪不错。

"我的一名求婚者在我掌控之中。"她咆哮着把一名中尉拥入怀里,中尉遗弃的装甲车正在伏尔加河上燃烧。"你已经喝过我的水了吗,先生②?它似乎大大有助于征服者的消化……"

"呱呱呱!"伊利亚·奥西波维奇和阿卡基·阿卡基耶维奇哑着喉咙笑弯了腰。"真俏皮,母亲河,多滑稽呀,我们笑死了,呱呱!"

"让我翻翻你的衣兜。"伏尔加河咆哮着,"好的,一个单片眼镜!你允许我留着吗?它可以给小斯大林格勒解闷!"

---

①② 原文为德文。

"噢！他会多么高兴啊！"难兄难弟聒噪着。"我们也高兴,噢！滑稽透了,呱呱,多俏皮呀,母亲河！"

"这是什么?"伏尔加河吃了一惊,"一枚苏联勋章和一张俄国士兵的照片?"

"一枚苏联勋章?"伊利亚·奥西波维奇望着阿卡基·阿卡基耶维奇吃惊地说。

"我认出来啦!"伏尔加河叫道,"他是喀山的米什卡·布宾。我记得他:他绝大部分时间坐在我的岸边,朝我吐口水。"

"我们认识他,我们认识他!"一对伙伴立即叫起来,"他掏我们的窝,偷我们的雏儿……帅小伙儿,很招人喜欢!"

"请问,这枚勋章和这张照片怎么会在你的衣兜里,先生①?"伏尔加河若有所思,轻声问道,"等一下,让我猜猜……啊,我猜着了!"

"啊,我们猜着了!"两伙伴翻着筋斗,夸张地表达快乐。

伏尔加河不耐烦地注视着他俩。

"好吧,你们猜着什么了,老强盗?"

"是呀,"伊利亚·奥西波维奇嘟囔着,"你猜着什么了,阿卡基·阿卡基耶维奇?"

---

① 原文为德文。

"你呢,你呢,伊利亚·奥西波维奇,你猜着什么了?"

他俩可怜巴巴地互相望了一眼。

"没有,"他们谦卑地承认,"我们什么也没猜着,母亲河!你能不能发发善心,让我们脱毛老鸟的糊涂脑子开开窍?"

"我猜到了,"伏尔加河说,"在这种情况下,先生[①],很遗憾,我不能再准许你攀住这根树枝:我对你不感兴趣了。"

"不!不[②]!"可怜的征服者嚎叫着。

"是!是[③]!"两伙伴得意扬扬地聒噪着,伏尔加河把新的求婚者按进水里,直至德国人喝足了水……两伙伴早已离开,他们小心翼翼地朝伏尔加河极其温柔地抱在怀里的东西飞去。

"嗯?"伊利亚·奥西波维奇一脸疑惑。

"嗯!嗯!"阿卡基·阿卡基耶维奇给他鼓劲儿,他俩开始缓缓下降……但伏尔加河发出撼天动地的怒号,这对难兄难弟竭尽全力扇动衰老的翅膀,朝天空腾飞。

"噢!天哪!我差点吓死!"伊利亚·奥西波维奇呱呱叫着。至于阿卡基·阿卡基耶维奇,他惊恐得全身的羽毛都竖起来。

---

①②③ 原文为德文。

"滚开,吃屎的家伙!"伏尔加河咆哮着,气得满口白沫。"你们没看见这是一名俄国士兵吗?"

"噢!天哪!"伊利亚·奥西波维奇叹道,"多么骇人的错误!"

"多么悲惨的误会!"阿卡基·阿卡基耶维奇补充道。

"母亲河,原谅我们老眼昏花!"

"我们只配去死了!"

"母亲河,我们不能为他做点什么吗?"

母亲河用丰富响亮的俄罗斯语言骂了一句作为回答,她骂得那样难听,两个伙伴惊骇得面面相觑,头缩进羽毛朝森林方向溜……

"这没什么,"伊利亚·奥西波维奇抖着竖起的羽毛结结巴巴地说,"我绝没想到伏尔加母亲河讲话竟然如此下流!"

"我要用睡觉来忘却。"阿卡基·阿卡基耶维奇厌恶地喃喃低语,"好的!这是她从船夫和哥萨克那儿学来的。"

"别担心,我的小瓦西奥诺克-瓦申卡,"伏尔加河用母亲的双臂抱着一头金发的躯体柔声低语,"有些墓地比伏尔加河的墓地更凄凉。我要带你去一个人畜尚未光顾的安静的角落,在我知道的一个小岛清凉的芦苇荡里——你会变成波浪、芦苇、细沙和小岛,我的瓦西奥诺克,这毕竟比在田里给洋葱、土豆做肥料要愉快得多……"

她为他轻声唱起哥萨克母亲的古老摇篮曲:

> 睡吧,我的俊俏的宝贝,
> 摇呀摇,快快睡。
> 皎皎的月儿不声不响地
> 朝你的摇篮洒银辉①。

后来,为了使激动的心绪平静下来,他们在蓝色的夜里,并肩在步行桥上走了几步。脚下是结了冰的沼泽,天空群星璀璨。扬内茨问朵布兰斯基道:

"你,你爱俄国人吗?"

"我爱各个国家的人民,"朵布兰斯基回答,"但我不爱任何民族。我是爱国者,不是民族主义者。"

"区别在哪儿?"

"爱国即爱自己的亲朋,民族主义则仇恨别人,俄国人、美国人,等等。兄弟般的友好关系即将在世界上广泛建立起来,德国人至少给我们带来这个好处……"

---

① 原文为拉丁字母拼写的俄文。这首歌谣引自莱蒙托夫的《哥萨克摇篮歌》,顾蕴璞译。

## 三十二

斯大林格勒之后,他们有几周沉醉在幸福中,觉得饥饿不那样难熬,寒冷也不那样刺骨了。但是,临近二月末,他们的粮食终于告罄。扬内茨把自己剩下的马铃薯分发给大家,不久他们便不得不用失去知觉的手,在雪地里搜寻一颗栗子、一粒橡实、一枚松果。兹博洛夫斯基三兄弟整夜在村子里转悠,乞讨,哀求,威胁:他们总是两手空空地回来,有好几次还被自己也挨饿的农民痛打一顿。有些孤军奋战的人向德国人投降,最绝望的人走出森林,在公路上伏击德国巡逻队以求一死……但是,不久风传,说有人在森林里见到游击队员纳杰日达:他们的司令亲身来参加他们的战斗了。他们相信这个消息的真实性当属人之常情。另外,他习惯于突然出现在斗争条件最艰苦的地方,而当战士们似乎就要丧失希望和勇气时,他几乎总来到他们中间。

"马赫卡发誓说,在铁路上,库布莱依最后战斗的地点见过他。"赫罗玛达对他们说,"后来又在维尔基圣弗朗索瓦礼拜堂,比拉克神甫被杀死的祭坛前见到了他。

你们听我说,他穿着波兰将军的制服——对,大白天!"

朵布兰斯基微微一笑。

"我不知道马赫卡是否真的见到了他,还是像往常一样说瞎话。"他说,"但我知道他在这儿,在我们中间,这至少是真的。"

扬内茨把佐西娅搂在怀里。两人坐在火边,披着原属于塔戴克·赫姆拉的羊皮大衣。他带点嘲弄地望着大学生,开始明白他们的传奇首领究竟是谁了。而且他现在也知道他藏身何地。

"我亲眼见过他。"他平静地宣布。

赫罗玛达张大了嘴。

"什么?在哪儿?你在哪儿见过他?"

"在这儿。在这儿见过他。而且此刻我看见他了,就在你身边。"

赫罗玛达蹙起浓密的双眉。

"你取笑老资格还显嫩点。"他嘟囔道。

但朵布兰斯基似乎大为震惊。他久久望着扬内茨,然后俯下身,用一只胳膊搂住他的双肩,亲热地摇了摇他,没有说一句话。

奇迹般缴获的一百公斤马铃薯,帮助游击队小组顺利度过了冬季。那天晚上,兹博洛夫斯基三兄弟像通常一样,空着手回到藏身洞。

"罗姆阿尔德先生在皮亚斯基被杀了。"他们说。"又要放火了!"克里连柯咕哝着,"一个特遣队今早进村实行了报复。"

"杀人者据说是索波拉出卖的。德国人悬赏一百公斤马铃薯……"

早上,一场暴风雪横扫整个地区,到了夜晚,皮亚斯基的街上雪深至膝。德国履带装甲车一筹莫展,好似四脚朝天跌倒的大熊蜂,特遣队指挥官霍普曼·斯托尔茨的坦克陷在村公所广场中央,动弹不得。斯托尔茨爬出坦克——单片眼镜在他眼里好似一块冰——骂了一句娘,步行抵达营地。接着他多次与村里的头面人物谈话,威逼和谩骂双管齐下。但村民们的脸始终既白又空,和霍普曼·斯托尔茨先生的坦克所滞留的白雪皑皑的无人区①一样。唯独与木匠索波拉的简短交谈有些结果。第一眼就给了斯托尔茨一个好印象:索波拉的脸疲惫、顺从、苍白,不像前面几个交谈者那样面无表情。

"天气真糟糕!"斯托尔茨咄咄逼人地开口说。

索波拉立即再三表示歉意。下巴颤抖着,他向霍普曼先生保证,在德国特遣队进村时正好刮暴风雪,这根本不是预谋,至少他,索波拉,与此毫无瓜葛。他,索波拉,儿女和妻子整整两天没有东西吃了,他忧心忡忡,没有兴致在霍普曼先生的路上设置障碍。斯托尔茨认为如此进入正题大有希望,于是他勃然大怒,谈起了傲慢、破坏和挑衅。最后,不知怎么回事,可怜的索波拉许诺要太阳放

---

① 原文为英文。

光,禁止下雪,甚至大献殷勤,提出要亲手抓住狂风,把它五花大绑地交给霍普曼先生。善于谋略的斯托尔茨初战告捷,迅速加以利用,半个小时后,两名德国兵给索波拉家送去了一袋一百公斤的马铃薯。晚八时前后,街面上的雪变硬的时候,一支德国巡逻队出发了。士兵们齐步行进,雪在他们的脚下沙沙地响。索波拉贴着墙根,在巡逻队前面跑,他没来得及尝尝正在为之付出代价的土豆,但好似听到咀嚼的声音。他心里只有一个念头:尽快干完活儿,回家吃一盘热气腾腾的土豆。"库比斯不会怨恨我的。"他怀着源于饥饿的绝对自信,暗自思忖。"他是位可靠的、聪明的朋友。他会理解的。"巡逻队受来自汉诺威的克莱普克下士指挥。"不能外出,甚至无法开小差的天气!"这位军人想,心里有股无名火,部分原因是打了一年仗却无休假。

"到了。"索波拉突然用哽住的嗓音说。

克莱普克举起手电筒,见门面上方有块招牌,上写:J.皮奥特鲁杰维茨·帕茨基,糕饼,汽水①。

"怎么?"克莱普克问道,"你还等什么?"

索波拉做了个怪相,他那张黑黝黝的,因饥饿和焦虑而凹陷的脸,活像一只难看的土豆。

"就这样叫醒他……不为什么……"

"怎么不为什么?"下士合情合理地指出,"是为了给

---

① 原文为波兰文。

他一颗枪子儿吃啊!"

他走到门口敲门。他们等了一会儿,接着一个没睡醒的声音叫道:

"谁呀?"

"一个朋友!"索波拉可怜巴巴地回答,"给我开门,库比斯!"

屋门大开。士兵们走进去,索波拉小跑着跟在后面。皮奥特鲁杰维茨在裤子上穿了件长睡衣,吊带拖到地上。他长着一张忧郁的娃娃脸。

"阿嚏!"他打了个喷嚏。

索波拉迅速关上门,向下士解释道:

"他肺不好,小时候总生病。他可怜的母亲养大他不容易。他本该住到山里去。"

"有时候,这对身体有益。"克莱普克承认。

索波拉走到朋友身边。

"你不怨恨我吗,库比斯?"

"不。一百公斤土豆,这是个好理由……"

"你怎么知道的?"

"全村人都知道。"

索波拉跌坐在一条板凳上,哭了起来。

"得啦,得啦,拿出勇气来!"糕饼商劝他。

"我不清楚谁是真正的凶手!"索波拉哽咽道,"我又不能随便乱指,不然人家会报复我,报复我的家人……于是我找了个可以信赖的人,一个可靠的、经得起任何考验的朋友……"

"谢谢你。"皮奥特鲁杰维茨说,"反过来,你能为我做点事吗?"

"什么都行。"索波拉简短地回答。

"这些土豆……你能给我妻子送几公斤吗?"

"明早我亲自送去!"索波拉答应道。

克莱普克下士吩咐了几句。两个朋友拥吻告别。

"为土豆谢谢你!"皮奥特鲁杰维茨说。

索波拉张开嘴,但讲不出话来。

"好啦,"糕饼商给他鼓劲儿,"要像个男子汉,索波拉!"

他去五斗橱里取出一瓶酒和几只酒杯。

"喝一杯。"

索波拉喝了。

"你们也喝一杯。"皮奥特鲁杰维茨向士兵们提议。

"你是好样的。"克莱普克道谢说。

他举起酒杯。

"祝你健康!"

"祝你健康!"

他们干了杯。

"好了,"克莱普克说,"如果可以……"

"当然。"皮奥特鲁杰维茨点了点头,"至少我不会饿了!"

索波拉面色骤变,他摇摇晃晃背过身去,用手堵住耳朵。皮奥特鲁杰维茨当胸挨了一梭子子弹。他原地转了个身,倒下了,不再动弹。士兵们迅速走出去,下士殿后;他带走了那瓶酒。索波拉跟在他们后面。他觉得他应该留下来,安慰朋友的寡妻,但他宁愿第二天带马铃薯来时再做这件事。"可怜的女人会多么高兴啊!"他想。他们来到街上。索波拉走得很快,他急于了结这一切,渴望吃那盘正在家里等着他的好菜:绵软的,又白又香的去皮土豆……想到此,他仿佛喝醉了酒,不再犹豫,当下士的手电筒照亮"裁缝 Z. 玛达林斯基,一流剪裁,即时熨烫,价格低廉"的招牌时,他坚定地用拳头捶门。无人回应。他再敲。克莱普克下士出神地望着招牌,仿佛在考虑是否以低价熨熨他的长裤;但是他不会讲波兰话。士兵们在寒冷中等得不耐烦,开始用枪托砸门。立刻,一个女人的、非常近的声音——她一定在门后躲了很久——喊道:

"什么事?"

"向你致敬,玛尔塔太太。"索波拉说,"我们来见你丈夫。"

"我丈夫不在。"

"少废话!"克莱普克用德语吼道,"开门!"

门开了。出现了一片寂静。士兵们睁大眼睛,踮起脚尖想看得清楚些。女人光着身子,只穿了件棉布晨衣。

她好像不觉得冷,相反,男人们冰凉的脸上,似乎感到从她身上散发出来的热气。她的身体被遮蔽的部分不难揣测,看得见的部分使人不想闭上眼睛。玛尔塔太太身材高挑,一头褐发,两只绿色的大眼睛露出猫的凶光,嘴巴十分湿润,好像印满了吻。

"我的天①!"最年轻的德国士兵低声但清晰地说。

"朝旁边看!"最年长者厉声命令道。他认识这个士兵的父母,答应照顾他们的孩子。

"安静!"下士突然用令人吃惊的假嗓下令。

他咳嗽了一声。

"安静!"他重复道,"你丈夫在哪儿?"

"他不在家。"

女人朝索波拉转过身来。

"犹大!"她悄悄说。

索波拉想还嘴,正在这时,后店堂里咔嚓响了一声。

"怎么回事?"克莱普克问道。

"我哪儿知道?"女人回答,"也许是猫。"

她走进门洞。克莱普克朝前推她,她一反抗,露出了一个高耸的、长着粉红色乳头的乳房。她不作任何努力遮住它,最年轻的士兵与乳头对视了一会儿,结果士兵第一个垂下了眼睛。

他声音喑哑地"啊"了一声。

"朝旁边看,倒霉鬼!"年长者吩咐道,"遮住这个,巫婆!"

"我不像你老婆,"玛尔塔太太高声说,"我不为可以

---

① 原文为德文。

祖露的东西感到羞耻!"

"朝前走!"克莱普克命令道。

他们推着她,一齐拥进后店堂。一张大床几乎占据了整个空间,床铺未经整理,被褥摞在一起,床单拧绞在枕头四周,压脚被掉在地上。屋里空无一人。

"我跟你说是猫!"玛尔塔太太叫道。

大家的确听到极其轻柔的猫叫声。

最年轻的士兵喜欢宠物,"喵!喵!"地叫着,"它一定在床底下……"

他俯下身,一只手伸到床下。突然,他的脸流露出莫名的惊愕。他轻轻"啊"了一声。

克莱普克下士迅速朝床下望了一眼。

"出来!"

一名男子不情愿地慢慢爬了出来。他人很胖,上了年纪,样子不好看。他冷得起鸡皮疙瘩。

"一只小猫,嗯?"克莱普克从牙缝里说。

"我会学猫叫!"男子一脸气恼,说道。

克莱普克下了命令。士兵们抓起了枪。

"等等!"索波拉突然叫道,"这个人不是裁缝玛达林斯基!"

"我的天[①]!"最年轻的士兵叫道,他带着敬意注视着陌生人。

---

① 原文为德文。

出现了片刻的沉默。

"那么他是谁?"克莱普克问道。

"我不知道。他不是村里人,以前我从未见过。"

男子拿一条被子围在身上,然后对下士讲话。讲的是非常地道的德语。

"我叫施密特,是德国后裔。我为这儿的军事当局工作……"

"这儿的?"最年轻的士兵惊恐地叫道。

"别听!"老士兵命令道,"堵住你的耳朵!"

"我是说维尔诺的。我与军队签了运输合同。下士,你的上司很看重我,我对你有个忠告,就是撤走。你找的人不在家。"

"他在哪儿?"

施密特耸了耸肩膀。

"我怎么知道?我管他老婆,不管他。他大概在森林里闲逛,跟游击队员们在一起。他是强盗。"

再次出现了沉默。然后索波拉大喊大叫起来。他早已气得浑身发抖,为他的朋友玛达林斯基而痛苦。裁缝正在游击队报效国家,与此同时,他的妻子却无耻地跟敌人的一名代理人勾搭。如此卑鄙龌龊的行为令索波拉窒息。

"不知满足的母狗!"他吼道,"没有廉耻……"

玛尔塔把话头抢过来。

"我不感到羞耻!"她叫道,"这个人给我饭吃!我丈夫却办不到！你,索波拉,你也办不到。如果你妻子年轻二十岁,她会和我一样干！"

索波拉惊恐地往后退。而那些德国人,由克莱普克带头,开始冷笑,接着哈哈大笑,笑得直不起腰。玛尔塔太太轻蔑地望了他们一会儿,接着又发了火。

"你们笑谁?"她吼道,"笑你们自己？你们个个都结婚了吧？你们一定把妻子或未婚妻留在了德国？哎,你们的女人,她们和我一样干！是的,这些小羊羔！因为她们有的心里烦,有的喜欢这个,还因为这能给她们的菠菜里加黄油！"

克莱普克下士第一个止住了笑。他把一个非常年轻的妻子留在了汉诺威。分别之初他接到过几封信,但如今信越来越少,尤其信中的口气变了。她不像起初那样恳求我的甜心①回来,不再抱怨孤独。这令克莱普克下士大为惊讶,怀疑如毒蛇般钻进他的心里。通常他避免去想,但现在,这个女人……特遣队中其他的已婚者陷入了同样的思考。他们心怀敌意地望着施密特,对裁缝玛达林斯基感到几分同情。当然,他是敌人,一名游击队员,但他们觉得在他和他们之间建立起某种兄弟情谊:身在前线、而妻子不忠的男人之间的兄弟情谊。

"怎么?"玛尔塔太太说,"大家不笑了?"

男人们面面相觑。他们什么都不说,彼此不提任何

---

① 原文为德文。

问题,但他们同时知道了该怎样做,无声地即刻达成了一致。连战胜者克莱普克和可怜的战败者索波拉也互相看了一眼,不置一词,心领神会。

"你肯定这人不是裁缝玛达林斯基吗?"

"我不大清楚。"索波拉说,"我好久没见到玛达林斯基了。也许是他,也许不是。我不知道。"

"你好好瞧瞧他。"

"我正瞧着呢!"索波拉说着仔细地斜眼望着他。

施密特显得忐忑不安。

"这演的是哪一出啊?我有符合手续的证件,在我的上装里。我可以拿给你们看。"

"待着别动!"克莱普克命令道。

他想着自己的妻子。一年前他们分别时,她哭了。他们刚刚结婚,在一起度过了两周。他记得她温热的胴体和烫人的抚爱。长久以来从心中驱走的念头,现在变成显而易见的事实涌入他的脑海:他的妻子不可能独自生活一年多。她找了个情人。她有一个情人,每天晚上与她亲热,而他,克莱普克,却在这该死的雪里耗费生命,耗费体力……她有个男人,一个肯定远离火线的战争受益者。这场战争,它对谁有利?对出发上阵的人是没有好处的:他们或者战死沙场,或者得以生还,但发现家园被毁。不,战争只有益于那些留下来的人,跟这个施密特一样的,在你远离家庭时抢走你年轻妻子的人……他下达命令:

"准备!"

施密特面色惨白。

"我的证件合乎规定。我请你看看我的证件,下士。这会给你省去麻烦。我有几个权高位重的朋友。我是党员。你在跟一个德国人讲话,下士。别忘了……"

"干吗不给世界除掉一个德国人呢?"索波拉突然想。

他朝前迈了一步,说:

"他是玛达林斯基!现在我认出来了!"

在街上,克莱普克亲热地拍了索波拉一下,并祝他晚安。他显得情绪极佳。

"党员?"他嘟囔着,"党员,什么东西?晚安,索波拉先生①!"

他带着巡逻队走了。索波拉回到家,对妻子说:

"快。我饿死了。"

"饭做好了。"

正在这时,有人敲门。

"我还以为完事了呢。"索波拉说。

他打开门。兹博洛夫斯基三兄弟走了进来,后面跟着扬内茨。

"晚上好。"

索波拉的嘴唇动了动,但没有发出任何声音。

---

① 原文为德文。

"晚上好。"他妻子说。

她的手神经质地抓住围裙的一角。扬内茨望着这双手:疲软发红,因洗涤而损伤,比面部更苍老,皱纹更多,似乎有独立的生命,扭曲的手指比脸和眼睛流露出更多的无言的痛苦。

"我不怕,"索波拉说,"我吃够了苦头……"

他妻子朝衣柜走去。她打开柜门,一件件拿出丈夫最好的衣服。

"不过我想先吃点东西。"

"口袋在哪儿?"兹博洛夫斯基家的长子问道。

扬内茨望望那双手,见手指捏成拳头,作了一个千年不变的、和痛苦一样古老的手势。

"你们不能这样。"女人说,"我有孩子。你们不能杀死他们的父亲,还拿走口袋。"

"我们不杀他。我们只要口袋。"

"那还不如杀了他,杀了他!"

"斯泰法,"索波拉哀求道,"斯泰法……"

"杀了他,"她叫道,"杀了他!……"

当他们出了门,在雪地上走着,被宝贵的负荷压弯了腰时,仍听到"杀了他!"的叫喊和索波拉哀求的声音:

"斯泰法,斯泰法……"

蓦地,扬内茨觉得人的世界不过是一个巨大的口袋,里面挣扎着一大堆盲目而迷惘的马铃薯,这就是人类。

## 三十三

冰雪吞没了森林,枞树梢有时也隐而不见,万籁俱寂,好似到了世界末日。然而,森林继续收到来自坚持同一个战斗的各条秘密阵线的消息;从希腊、南斯拉夫、挪威、法国传来无数生命的气息,无数暗藏希望的心跳。游击队员们觉得,发出这些信号的国家和往往他们只知其名的星辰一样遥远,而他们自己的决心,自己对希望的坚守,在其中得到了回响。游击队员纳杰日达似乎无处不在。扬内茨早已不再琢磨他是谁了。如今,每当某个同志在火边郑重其事地提到他,回忆他们的指挥员传奇般的功绩时,扬内茨只微微一笑。

"前天夜里他好像又轰炸了柏林,全城只剩下颓垣断壁。"

他们心满意足地抽着烟斗。

"在南斯拉夫,德国人被他气疯了。那里到处是山,打游击自然比这儿,比平原地区容易。"

"他在这儿也干得不错。"

"有一点是肯定的:他是华沙犹太人的领导。听说犹太人聚居区发生了暴动，他们像狮子一样战斗。"

"这个念头是大约两年前产生的。"朵布兰斯基在夜色中边走边向扬内茨解释，"当时的处境特别艰难：我们的领导人几乎全部战死沙场或被德国人逮捕。为了重整旗鼓和迷惑敌人，我们编造了游击队员纳杰日达，这个打不死、永不败、敌人根本无法抓住、任何力量也阻挡不了的首领。我们编织这个神话，就好像夜里唱歌给自己壮胆。但是，他突然变成有血有肉的人，真真切切活在我们中间的那一日迅速到来。每个人似乎真的听命于某个不朽的东西，任何警察，任何占领军，任何物质力量都无法损害和动摇的东西。"

每当扬内茨聆听音乐，或朵布兰斯基打开小学生的作业本，给他们读一篇回肠荡气的故事时，一份几乎无忧无虑的快乐便朝他袭来，仿佛不朽的气息轻拂着他的脸。当他把佐西娅抱在怀里，面颊紧贴她的面颊时，当他独自在冰天雪地的森林里站岗，吓得发抖，握着手榴弹，披着夜色等待黎明时，传奇式的游击队员突然出现在他身边，用胳膊搂住他的双肩，扬内茨觉得周围存在着一个绝对的信念，人类不可战胜的信念。如今他知道父亲没有向他撒谎，凡重要的东西是绝不会死的。

德国人也终于明白他们抓不到的这个不可战胜的敌人究竟是谁了；他们知道他藏在哪里，知道要杀他，把他从千万颗心中夺走，简直是痴心妄想。后来在纽伦堡审判中——提到的严厉命令，是希特勒亲自从柏林向盖世太保在波兰的所有参谋部下达的：识别和逮捕所谓游击队员纳杰日达的一切努力应立即停止，"因为不存在任何冠以此名的敌人"。官方函件中从此再也不提"敌人出于宣传和心理战需要而编造的这个神话般的人物"。一名双重间谍想讨好游击队员，兹博洛夫斯基三兄弟从他手上得到了一份上述命令的复印件，朵布兰斯基向游击队员们宣读，在哄堂大笑和嘲弄的叫喊声中逐页翻译这份通报：看到惶惶然不可终日的警察官僚机构竭力否认某种东西的存在，尽管这种东西实实在在活在他们心中，填满他们的肺，在血液的每个分子中汩汩流动，他们觉得滑稽透顶。

在与其他游击队员一起出席宣读会，听他们嘲笑压迫者试图螳臂当车的可笑行径时，扬内茨忽然黯然神伤，甚至有点绝望：他头一次确信父亲已死。佐西娅发觉了忧郁投在他脸上的阴影，怯生生地紧握他的手。扬内茨对她说了下面这番话，嗓音中的苦涩不再有年龄之分，却带有早期教育和人生经验所给予他的排除幻想的成熟印记：

"朵布兰斯基在翻译时应该加几个字。当他们肯定凡重要的东西绝不会死时，这句话其实意味着一个人死了，或者即将被杀死。"

"你生气了。别这样。"

"我没生气，佐西娅，可是我毕竟学到了一些东西。他们把我们送进一所好学校，而我始终是个好学生。我们受到了非同一般的教育。你记得塔戴克·赫姆拉吗？他把这叫作'欧洲教育'。当时我太年轻，并不理解。而且，他知道自己就要死了，所以总讲反话。可现在，我明白了。他说得对。他含讥带讽称作的欧洲教育，是指他们枪毙你的父亲，或者你以某种重要东西的名义杀人，抑或你饿得要死，把一座城市夷为平地。我告诉你，你和我，我们上了好学校，真正受到了教育。"

佐西娅轻轻抽出她的手。

"你不爱我了。"

"你怎么这样说？为什么？"

"因为你不高兴。当你爱一个人的时候，不会为任何事情不高兴。你瞧，我也学到了一些东西。"

扬内茨如今十五岁了。当他手持机枪，与"绿林好汉"们穿行在白雪覆盖的森林中，当他背着隐蔽在树枝中的炸药包朝某个前哨阵地走去，抑或他出神地望着全体游击队员都藏在身上的那片氰化物时，他觉得该学的东西其实已所剩无几，他尽管年轻，却是个有知识的人。他热切地期盼有机会证明自己比得上那些与他同甘共苦，但有时仍视他为孩子，怀着些许优越感对待他的人。自由的脉搏，这从欧洲各个角落传来的愈来愈强、愈来愈清晰可闻、直至在这片荒僻的森林中回响的隐秘的跳动，使他幻想建立丰功伟绩，完成惊世壮举，让游击队员纳杰日达以他最年轻的新兵为荣。

一个由十名德军士兵组成的小分队占据了维列卡河

畔的一座破房子;这是敌人在森林周围设立的众多监控哨所之一,他们妄图包围游击队员,使他们与外界隔绝。河上结了厚厚的冰,士兵们清扫积雪,开出一块溜冰场,常常笑闹欢叫着在冰上嬉戏。

扬内茨仔细拟订了计划,没有跟游击队员们讲。他开始一周数次背着柴捆过河。他在哨所下游一公里处偷偷走出森林,然后溯河而上,像来自维尔基似的来到检查哨,请求允许到河对岸森林起始处捡柴。不久他回到河这岸,被沉甸甸的树枝压弯了腰。有时他在溜冰场旁卸下重担歇一会儿,一脸羡慕地注视着德军士兵玩耍。士兵们最终邀请小伙子跟他们一起玩,借给他冰鞋,对他非常友好,还请他进哨所喝咖啡、吃巧克力。

德军士兵感到与世隔绝,非常烦闷;很快,他们接受了这个没有表现出任何敌意且极易接近的小波兰人。他们拿出妻子、子女、未婚妻和狗的照片给他看。有时,待在他们中间听他们笑,望着他们年轻的脸,吃着他们的定量,扬内茨感到愧疚,心里发紧;他必须发挥想象力,才记起这些年轻人是不共戴天的敌人。

一天,他在树枝间塞了几个炸药包,把柴火扛上肩,走上结冰的河。天气十分寒冷,德国士兵待在哨所内,一定在围炉取暖;烟囱快活地冒着烟。只有一名士兵在跑道上学滑冰。他滑得很糟糕,总在滑圈儿当中跌倒,然后为他的笨拙开心得大笑。

德军士兵像老朋友一样欢迎扬内茨;他们有的喝咖

啡,有的玩纸牌,还有的在睡觉。他把柴捆扔在一个角落里,喝了一杯给他端来的滚烫的咖啡,吃了一块巧克力,然后向他们借了一双冰鞋。他并不害怕,心跳得不比往常快多少,心里只想着眼前的好东西,这些巧克力、咖啡、白糖、罐头,即将一起毁掉。他多么想收起这些配给的食品,尤其是巧克力,拿去送给佐西娅。

他启动衣兜里的发爆器,把它塞到树枝和炸药包中间,然后去滑冰。他试图尽量远离哨所,但溜冰场周围的冰凸凹不平,他只得危险地待在房子附近,它的烟囱继续平静地冒着烟。那个士兵费了很大劲儿才在冰鞋上站直,但只要一动便立即摔倒,又骂又笑。他们和房子之间大概有五十余米。时间过得很慢,扬内茨正在想发爆器没有点火时,爆炸突然发生了。他当胸挨了一击,被向后抛去,但立刻站了起来。

士兵也被气流掀倒,现在他坐在冰上,嘴巴大张,两眼发呆,神情惊愕地望着废墟上冒出的一股股黑烟。这是个健壮的青年,身体像运动员一样结实,头发金黄,面颊红润,有双蓝色的眼睛。他想站却站不起来,摔倒了两次才终于在冰鞋上站稳。他像落水者似的摇摇摆摆朝河岸走,再次跌倒又爬起来,这时他发觉扬内茨手里有把枪。他呆若木鸡,矛盾的表情使脸变了形,对亲眼所见的拒而不信,渐渐被恐惧和困兽的绝望所取代。他终于把视线从武器上移开,企图逃跑,但立即跌倒了。滑冰是扬内茨的拿手好戏;他开始围着那个士兵滑了一圈,手里拿着父亲给他的枪。这是一把小口径勃朗宁自动手枪，所以他必须靠得很近才瞄得准。幸于士兵无法自卫或逃跑；正当扬内茨慢慢围着他绕圈，而且越绕越近时，他一直坐着在原地转，以便和扬内茨面对面。后来他又挣扎着站起来想跑，却仰面跌倒，双臂交叉于胸前，两腿分开，活像一只四脚朝天的昆虫。他似乎认了命，直起身坐起来，忧愁地望着扬内茨手中的枪，等着枪响。当扬内茨滑完最后一圈，离他不到两米时，年轻的士兵低下了头等着。他没有着军服上装，只穿了一件厚套头衫，围了一条色彩鲜艳的围巾，丝毫没有士兵的样子。他坐在那儿，垂着头，金发在阳光下闪着光，双手抱着膝盖。扬内茨终于停下来，举起了枪。他忽然有种感觉：他即将杀死的是个在冰场上滑倒的普通运动员。但他仍然毫不犹豫地开了枪。

接着他迅速滑到岸边，脱下冰鞋，在房子的废墟中搜寻起来。上天对他是仁慈的：他找到一百来块巧克力和一袋白糖，还回收了一些咖啡和几乎全部罐头，尤其是熏鱼罐头。他几次过河，把带不走的东西全埋在林子边树下的雪地里。然后他把满满一口袋东西扛在肩上，朝白雪皑皑、静谧无声、时而只听见乌鸦叫声的密林深处走去。他觉得自己终于不再是个孩子；他变成了一个真正的男子汉，一名机智坚定的游击队员，能够顺利完成爱国任务，像最优秀的战士一样为自由英勇杀敌。不过这种激昂欢快的情绪没有持续多久。

他走了五个小时才抵达克里连柯、朵布兰斯基和赫罗玛达各小组躲藏的沼泽地。也许是过分疲惫的缘故，或不过是神经紧张产生的反应，他心里有个东西突然碎了。他向游击队员们详细汇报了他的行动，把那袋食品扔到他们脚下，非但不回答他们兴奋的问题，对他们亲热的拍打和佩服的点头不感到高兴，反倒哭了起来。这是他加入游击队以来头一次流泪；心里充满莫名其妙的怨恨；他透过泪水定睛望着他们，眼光近乎凶狠。面对他们吃惊的问题，他只能晃晃脑袋，而当他们终于默不作声，把他独自丢下时，他挽起佐西娅的胳膊，拉着她往外走。

他们在悬于封冻沼泽地上方的木桥上缓缓走着，来到冻在烂芦苇丛中的小艇旁边，停下了脚步。在所有他想说、想喊，在他心头全部的愤慨中，只剩下这句用颤抖的童音说出的话：

"我想当音乐家，大作曲家。我想一辈子听音乐，演奏音乐———辈子……"

他注视着周围的冰雪世界，那里没有任何东西动弹，一切仿佛注定没有变化，没有破壳出雏，没有再生，没有萌发新芽，没有复活，直至混沌初开；那里一切注定如初次犯罪的日子，注定大开杀戒；那里地平线是周而复始的往昔，未来不过是件新的武器；那里胜利只意味着新的战斗，爱是障眼法，恨禁锢人心，一如冰冻住了这只张开桨却无法划的小艇；而握在他手中的佐西娅的小手，变成了严寒天地中的一粒冰屑。她用胳膊搂住他的脖子，靠在他身上也哭起来,不是因为心中有无法化解的忧伤,而是因为他那样伤心,那样茫然若失,她不知如何帮助他。

只有朵布兰斯基明白少年心中发生的事。次日清晨,当他们一起穿过芦苇丛去接替在沼泽边缘站岗的游击队员时,他对他说:

"快结束了。也许来年春天。我向你保证,到那时再也没有仇恨,再也没有杀戮。你等着瞧。和平,建设一个新世界……你等着瞧。"

"他坐在冰上,"扬内茨说,"穿着冰鞋,脖子上围着色彩如此鲜艳的围巾——肯定是他母亲或未婚妻给他织的——他年纪不比你大。他看都没看我。他接受了,垂下头等枪响。我瞄准,然后开了枪。"

"你只能这样做,扬内茨。这是他们的错。是他们发动了这场惨烈的战争。"

"总有人发动战争。"扬内茨怒气冲冲地说,"塔戴克·赫姆拉说得对。欧洲有最古老的大教堂,历史最悠久、最著名的大学,最大的书店,人们受到最好的教育——据说大家从世界各地来欧洲求学。但临了,这大名鼎鼎的欧洲教育所教给你的一切,是如何找到勇气和正当理由去杀人,一个根本没招惹你,穿着冰鞋坐在冰上,低着头等死的人。"

"你学到不少东西。"朵布兰斯基忧郁地说。

他在深至膝盖的雪地里停下脚步,仰头讲了起来。他谈自由、友谊、进步、和平、友好和博爱;他谈到各国人民在劳动中团结起来,共同努力去发现世界的意义和秘密;他讲文化、艺术、音乐、学校、大学、大教堂、书籍和美……扬内茨突然觉得朵布兰斯基不是在说,而是在唱。他站在雪地里,敞开的黑皮大衣露出里面的军服上装、肩带和窄窄的肩膀,两眼闪烁着希望和快乐之光,照亮了他那张俊美的脸;他举着胳膊,不停地做着手势,与这种活跃形成对照的,是周围树木冷漠的、在扬内茨看来几乎带有奚落和敌意的静止不动。他不是在讲而是在唱。他唱着,人类不朽之歌的全部力量和美,在他富于灵感的声音里激荡。——以后将永远不会有战争,美国人和俄国人即将亲如兄弟,合力建造一个幸福的新世界,一个恐惧和担忧永被驱除的世界。整个欧洲将获得自由,团结一致;死而复生的精神将超过人在最有灵气之时的想象,变得更丰富多彩,更有建设性。

"世世代代,"扬内茨心想,"有多少夜莺曾在黑夜中这样歌唱?有多少夜莺似的人,自信而激奋,唱着这首美妙的永恒之歌死去?在歌中的诺言未兑现之前,有多少人还会在寒冷、痛苦、轻蔑、仇恨和孤独中丧生?还需要多少世纪?还会有多少人生,多少人死?多少祈祷和梦想,多少夜莺?多少眼泪和歌曲,多少黑夜中的声音?多少夜莺?"

扬内茨只有十五岁,比他的朋友小十岁,但一种温暖的,保护者的,近乎父亲般的感情,忽然使他觉得和大学生的心贴得更紧。他注意不露出讥诮的神色,不摆出高人一等、知根知底的样子。他努力不微笑,不耸肩,不尖刻地问:多少夜莺?

他把手搁在大学生的肩头,轻轻对他说:"走吧。他们在等我们,一定等得不耐烦了。"

## 尾　声

波兰军队的特瓦尔多夫斯基少尉向司机示意：
"停在这儿吧。剩下的路我自己走。"
森林在阳光下骚动和喃喃低语。不回忆往事，不在树叶的轻微摆动中寻找某种神秘情感的征兆，不感到被人认出并受到欢迎，这是难以做到的。突然，在一片嗡嗡声中响起最年长的兹博洛夫斯基的声音："自由是森林的女儿。情况不好便回到林中藏起来。"
"少尉，要在这儿等你吗？"
"不，我要耽搁很久。去吃午饭吧，过两个钟头再来。"
这是扬内茨穿军装的最后日子：再过一个月，他将开始在华沙音乐学院学习。听到一名波兰士兵叫你"少尉"是十分惬意的，能够大摇大摆地在敌人经过的痕迹早已消失的路上走也很舒服。尤其令人舒坦的是感到衣兜里有那册珍贵的、如同一个兑现的诺言的小书。树木都在，它们是不容易死的。幼树和他一起成长；扬内茨认出每一棵枞树，每一丛灌木；硬树皮上起的皱，是上了年纪的朋友脸上的皱纹。这是那株大橡树,枝丫纵横,如慈父张开的臂膀,树干结实,受了惊吓的少年紧靠着它得到慰藉。它没有变,枝叶依然用橡树的语言讲着同样的悄悄话。但扬内茨已经长大,听不懂这些话了。橡树肯定有自己的英雄传奇、优美歌曲、充满希望和金色期许的童话故事。它们被砍倒后,或许也以为是为了一项不朽和正义的事业而死的。它们倒下时,心里想着总有一天,在它们倒下的地方将长出一片幸福美满的森林。只要人心尚存,地球就不会绝望。

这儿是解放的炮声在远方刚刚响起时,他们攻打德军哨所的地点。扬内茨加快脚步,掉过头去。但有些幽灵,即便白昼的光线也驱赶不走……在战斗中受了伤的德国中士,横卧在道路中间,疯子斯坦齐科在他周围手舞足蹈,苍蝇似的嗡嗡叫着。他手里拿了一把刀,兹博洛夫斯基三兄弟使出浑身力气,才拦住他了结那人的性命。

"她们俩!她们俩!"绝望的声音在森林里怒号。

德国人用手捂住伤口,脸上只流露出恐惧。他用喑哑的声音哀求道:

"来人,来人!快拦住他,来人呀①!"

"她们俩!"斯坦齐科吼叫着,"放开我!"

扬内茨顿生恻隐之心,抓起他的手枪。

---

① 原文为德文。

"对①,"德国人结结巴巴地说,"好!好!……请快点②!"

扬内茨一辈子都忘不了挂在死者嘴角的解脱的微笑。森林更加厚密,它的声音更加深沉;树枝友好地触碰他的脸。或许松树会突然闪开,切尔夫出现在他面前,朝他眨眼睛;或许他将听到老克里连柯嘲讽的声音:

"你可以跟我们走,小白脸!欢迎你到我们的圆顶雪屋来!"

"是茅屋。"扬·特瓦多夫斯基少尉不由自主地低声说。

"什么?"

"印第安人住茅屋。爱斯基摩人才住圆顶雪屋。"

但切尔夫死了,老乌克兰人回到了里亚宾尼科沃,在那里受到以老朋友哥萨克鲍戈罗迪查为首的村民们的热烈欢迎。村里的孩子们举着横幅,上书:"欢迎斯大林格勒胜利者之父!"万一你去萨维埃利·利沃维奇·克里连柯的鞋铺,他一定很乐意向你解释,他儿子如何依照父亲的忠告和老经验,解放了那座英雄的城市……

扬内茨停下脚步:他的藏身洞到了。他似乎看见父亲严肃的面孔,听到他的声音。

"耐心些,老硬汉③。在伏尔加河,在斯大林格勒,有

---

①② 原文为德文。
③ 原文为英文。

人在为我们打仗。"

"为我们?"

"对。为我和你,为千百万其他人。"

灌木丛中有什么动了一下。原来是只松鼠,但一点点东西就能把幽灵吓跑。

"祝你好运,老硬汉①。"远去的声音喃喃地说。

扬内茨望着藏身洞。森林对它眷顾有加,青苔和野草覆盖住他儿子出生的地点。他想起那个炎热的八月之夜,听见佐西娅的呻吟,看见她满脸汗水,一双眼睛像被逼得无路可逃的小动物。马赫卡在那儿:这位农夫卷起袖子在火边忙碌,烧水,准备襁褓,簇新的襁褓是当天早上他冒着生命危险从一家农舍偷来的。

"听见炮声了。"他说,"这是个好兆头……他生下来将是自由的!"

扬内茨感到佐西娅的手在他手里蜷曲着。

"走开。"马赫卡吩咐道,"完了事我再去叫你。"

扬内茨走出藏身洞,聆听远方友好的隆隆炮声。突然,从地底下发出颤抖的叫喊,轻微的哼哼,第一声抗议……"生啦!"他怀着无限的柔情想道……但这一切已成往事,生锈的旧门的铰链再也不会嘎吱作响,他的儿子跟母亲在维尔诺,小孩已经三岁,长得很结实。地洞填平了,正如填一个墓穴。

---

① 原文为英文。

"好了,老硬汉①,别哭了。"

"我不哭。"特瓦尔多夫斯基少尉擦着眼睛说,"可他是我最好的朋友。"

泪水吓不跑幽灵,反倒召唤它们回来。扬内茨看见朵布兰斯基躺在维列卡河畔的草地上,听见河对岸的炮声。

"别讲话,省点力气。他们离这儿十公里。他们有医生,有救护车。他们会救你的。"

"扬内茨。"

"别讲话,我求求你。"

"这些浑蛋,他们瞄得真准。"

"是的。他们瞄准的功夫很棒。你疼吗?"

"疼。"

"你听炮声。他们随时会到,为你治伤。你就不会疼了。"

"那时我已不在了。"

"闭嘴。你在。你命里注定要在这儿迎接他们。"

"不。很可惜。正像看见一位朋友,却不能与他握手。"

"你不该出来。谁也没出来,无论是兹博洛夫斯基兄弟还是扬凯尔。只需再等几个小时。而我们已经等了三年。"

"我想握住伸出来的手……"

"别讲话,求求你。省点力气。"

---

① 原文为英文。

"有……许多门……炮……在轰鸣……只有炮声……"

"不久还会有别的。"

"的确,会有音乐和书籍,人人有面包,还会有兄弟般的情谊……不再有战争。不再有仇恨……"

"正是如此。"

这时,眼睛带着笑意,注视天空。

"一个新世界……共同工作,共同欢乐……"

扬内茨抱在怀里的双肩如此狭窄,上装下的心几乎不再跳动,但声音的力量和美似乎没有限度。夜莺们在唱:

"我相信……这一次将不同……再也不会重新开始……我们正走向光明……"

……多少夜莺?还有多少歌,多少优美的歌?

一颗炮弹呼啸着穿过森林上方。大学生面色惨白,但眼睛和嘴唇始终在微笑。

"扬内茨……"

"我在这儿。"

"我们……赢了……"

"对。"

"这……不是一般的……胜利……"

"那当然。"

"任何重要的东西都不会死……"

"是的,我知道,这是……"

他想说:这是老生常谈。但他改了口:

"光知道是不够的。"

"任何重要的东西都不会死……只有……人……和蝴蝶……"

……地面上,蚂蚁排成长列在石头间穿行。几百万忙碌的小蚂蚁,每一只都相信自己工作的伟大,费大力拖着的那根草的极端重要……

"扬内茨。"

"我在这儿。我没有离开你。"

"我没来得及写完我的书。"

"你会写完的。"

"不。我求你替我写完它。"

"你自己完成吧。"

"答应我……"

"我答应你。"

"和他们谈谈饥饿和严寒,希望和爱……"

"我会和他们谈的。"

"我希望他们以我们为荣,以……"

"他们将以自己为荣,以我们为耻。"

"你试试吧……他们必须知道……他们不应当忘记……告诉他们……"

"我将告诉他们一切。"

特瓦尔多夫斯基少尉从兜里拿出那本小书,放在蚂蚁经过的地上。但要强迫蚂蚁偏离千年不变的道路,还需要别的东西。它们爬上障碍物，冷漠而急迫，在"欧洲教育"，用黑色大写字母画在纸上的这几个苦涩的字上疾步而行。它们执拗地拖着一根根小得可怜的细树枝。要迫使它们偏离自己的路，需要除书以外的东西，这条路，在它们之前有几百万蚂蚁走过，之后还有几百万蚂蚁要走。它们辛苦了几千年，这个可笑、悲惨和永不疲倦的种族还得再辛苦几千年？将兴建多少大教堂，向给了它们细腰和重负的上帝顶礼膜拜？斗争和祈祷，希望和信任有何用处？人们受苦和死亡的世界，和蚂蚁受苦和死亡的世界是同一个世界：残忍而不可思议，唯独重要的，是不惜流血流汗，把细枝和麦秆带到越来越远的地方，越来越远！永不停下喘口气或问问为什么……"人和蝴蝶……"